Dieser Band enthält:

Fritzi Pferdeglück
Abenteuer auf dem Isländerhof

Fritzi Pferdeglück
Aufregung auf dem Haflingerhof

Fritzi Pferdeglück
Wildpferde suchen ein Zuhause

MIX
Papier aus verantwortungsvollen Quellen
FSC® C014496
FSC www.fsc.org

5 4 3 2 1
ISBN 978-3-649-63584-0

Hafenweg 30, 48155 Münster

Text: Lucie May
Dieses Werk wurde vermittelt durch die Literarische Agentur
Thomas Schlück GmbH, 30161 Hannover
Illustrationen: Dagmar Henze
Satz: Sabine Conrad, Bad Nauheim
Printed in Germany
www.coppenrath.de

Das @book erscheint unter der ISBN 978-3-649-63768-4.

Lucie May

Geschichten voller Pferdeglück

Mit Illustrationen von Dagmar Henze

COPPENRATH

Fritzi Pferdeglück

Abenteuer auf dem Isländerhof

1. Kapitel

Ich stand am Fenster und starrte in den Garten hinaus. Es hatte geschneit. Das erste Mal in diesem Winter und sozusagen auf den letzten Drücker, denn morgen war bereits Frühlingsanfang. An den Zaunpfosten erkannte ich, dass der Schnee schon beinah knietief den Boden bedeckt hatte.

Wow. Als ich gestern Abend ins Bett gegangen war, sah es noch kein bisschen danach aus. Papa hatte zwar gemeint, dass die Luft nach Schnee roch, aber das hatte ich nicht wirklich ernst genommen.

Unser Garten sah wunderschön aus. Er war komplett von einer weißen Schicht überzogen. Nur an einigen Stellen entdeckte ich seltsame Haufen in der ansonsten ebenmäßigen Fläche. Das mussten Mamas geliebte Buchsbäumchen sein.

Mama war ein großer Gartenfan, so wie ich ein großer Pferdefan war – ach was, ich war nicht nur ein Fan. Diese traumhaften Wesen waren mein Leben. Sie bedeuteten mir einfach alles. Ungelogen!

Diese Leidenschaft teilte ich mit vielen in meinem Reitverein, aber am allermeisten mit meiner besten Freundin Julie. Leider nur in den Ferien. Zumindest hautnah, denn Julie und ich wohnten viele, viele Kilometer voneinander entfernt.

Dass wir uns überhaupt kennengelernt hatten, war ein absoluter Zufall – nein, ein himmlischer Glücksfall gewesen.

Nur weil Papa und Mama in den letzten Osterferien keine Zeit gehabt hatten, mit mir auf den Isländerhof zu fahren, hatten sie mich kurzerhand auf eine Westernranch verschickt. Und die gehörte – oh Wunder – Julies Großeltern!

Gedankenverloren presste ich den Zeigefinger gegen den unteren Fensterrand und taute ein kleines Loch in die dünne Eisschicht, die sich dort gebildet hatte.

Es war schon verrückt, Anfang letzten Jahres war ich bittertraurig gewesen, weil ich nicht auf den Isländerhof fahren konnte, und hatte nur deswegen die beste Pferdefreundin der Welt gefunden.

Und nun fuhren wir in diesem Jahr tatsächlich alle zusammen zu den Isländern! Zwar nicht nach Föhr, sondern nach Spiekeroog, doch wieder hatte der Zufall seine Hände im Spiel gehabt: Denn auch Julie und ihr Papa Ben waren auf Spiekeroog!

Ben arbeitete jetzt schon seit vier Wochen als Pferdetrainer auf der Insel. Er hatte für einen Züchter zwei junge Pferde angeritten. Als er nun erfuhr, dass meine Eltern und ich ebenfalls ein paar Tage nach Spiekeroog kommen würden, hatte er seinen Auf-

enthalt einfach verlängert und Julie kurzerhand dazu eingeladen.

Das Gestüt lag ganz in der Nähe von unserem Isländerhof, und der Züchter hatte Ben großzügig angeboten, auch noch nach Beendigung seines Jobs dort zu wohnen. Natürlich waren Julie und ich total aus dem Häuschen gewesen, als wir davon erfahren hatten.

Hach, manchmal war alles so herrlich wie Vanillepudding mit warmer Schokoladensoße und einem extragroßen Klacks Sahne obendrauf.

„Fritzi!“ Schwungvoll öffnete sich meine Zimmertür und Mama kam hereingestürmt. „Hast du schon gesehen …“ Mitten im Satz stockte sie, lachte kurz auf und stellte dann fest: „Okay, wenn du staunend am Fenster stehst, dann hast du wohl auch schon gesehen, dass es geschneit hat.“

Ich nickte. „Papa hatte recht.“

„Ja, er hatte genau den richtigen Riecher“, kicherte Mama.

Sie trug die blonden Haare ausnahmsweise offen. Das ließ sie viel jünger und irgendwie fröhlicher erscheinen, fand ich. Aber vielleicht lag es auch daran, dass sie sich richtig, richtig doll auf den Urlaub freute. Das hatte sie mir gestern Abend mit mächtig roten Wangen und glänzenden Augen mindestens viermal gesagt.

„Allerdings wird die Autofahrt durch den Schnee bestimmt viel beschwerlicher werden“, befürchtete Mama.

„Ach was“, rief Papa vom Flur. „Bis wir loskommen, sind die Autobahnen längst geräumt.“

Mama zog meine Zimmertür ganz auf. Davor stand Papa und grinste wie ein kleiner Junge, der gerade etwas ausgeheckt hatte.

„Sag mal, belauschst du uns etwa?!“ Mama mimte die Empörte.

Unschuldig hob Papa die Hände. „Ich? Sehe ich etwa wie ein Spion aus?“

Mama lachte albern – übertrieben albern. Überhaupt kamen mir die beiden gerade etwas überdreht vor. Natürlich war es große Klasse, dass wir endlich mal wieder zusammen in den Urlaub fahren konnten. Aber deshalb mussten meine Eltern sich ja nicht wie hyperaktive Kleinkinder aufführen, fand ich.

Wie gut, schoss es mir durch den Kopf, dass ich schon ganz bald Julie an meiner Seite hatte. Allein konnte man diese übertriebene Elternfröhlichkeit bestimmt nur schwer aushalten.

2. Kapitel

Am frühen Nachmittag stellte Papa sein Auto ganz am Rand des großen Parkplatzes von Neuharlingersiel ab. Von hier aus würde es mit der Fähre weitergehen, denn auf Spiekeroog waren Autos nicht erlaubt. Ein echtes Abenteuer für Papa, der für gewöhnlich nicht einmal zum Brötchenholen auf seinen geliebten dunkelblauen Volvo verzichtete.

Während ich meinen Rucksack schulterte und anschließend die kleine Reisetasche, in der sich meine ganzen Reitsachen befanden, aus dem Kofferraum nahm, schaute Papa ganz unglücklich drein.

„Hoffentlich passiert ihm hier nichts."

Mama staunte. „Meine Güte, dir fällt es ja tatsächlich richtig schwer, den Volvo hier auf dem Festland zurückzulassen!"

„Und wie“, gab Papa geknickt zu.

„Na, dann verabschiede dich mal ganz in Ruhe von deinem geliebten Auto.“ Mama grinste. „Die Fähre ist eh noch nicht zum Einstieg bereit.“

Doch das war Papa wohl doch zu … peinlich.

„Unsinn“, winkte er ab, straffte die Schultern und fragte dann betont locker: „Möchtest du auch einen Kaffee haben? Dahinten beim Fährhaus ist ein kleiner Kiosk.“

Aber Mama schüttelte den Kopf. „Nein, ich nutze lieber die Wartezeit, um mir den Kutterhafen dort drüben anzusehen. Im Reiseführer stand nämlich, dass der ganz besonders malerisch und sehenswert sein soll.“

Gut, dachte ich bei mir. Dann sind meine aufgeregten Plapper-Eltern ja erst einmal beschäftigt!

Als wir einige Zeit später zu dritt ganz vorn auf der Fähre standen und der eisige Wind uns fast die Mützen vom Kopf fegte, da konnte Papa wieder richtig lächeln. Scheinbar hatten ihm das Rollmopsbrötchen und die zwei extragroßen Becher Kaffee dabei geholfen, seinen Volvo-Abschiedsschmerz restlos zu überwinden. Alles war gut und würde bestimmt gleich noch viel, viel besser werden, wenn wir in fünfundvierzig Minuten die Insel erreichen würden und das Abenteuer endlich beginnen konnte.

Meine Güte, wie ich mich darauf freute – am allermeisten natürlich auf Julie und die Isländer.

Am Spiekerooger Hafen wurden wir bereits sehnsüchtig erwartet.

„Fritzi! Fritzi! Fritzi! Da bist du ja endlich."

Wie ein Wirbelwind kam Julie auf mich zugeschossen und fiel mir lachend um den Hals, kaum dass ich von der Fähre gestiegen war und wieder festen Boden unter den Füßen hatte.

„Hiiilfee", keuchte ich. „Du erdrückst mich!"

„Echt? Kacke. Oh verdammt, ich meine natürlich, herrje. Aber wenn ich mich doch sooo seeehr freue, dich endlich wiederzusehen?"

Jedes Mal war es so. Julie zerquetschte mich fast und mir fehlten erst einmal die Worte.

„Hopp, hopp, Schnecke", plapperte sie dafür munter weiter. „Wenn wir uns beeilen, dann können wir

noch zu den Isländern. Sie stehen auf riesigen Weiden unten am Wattenmeer. Hab ich schon alles gecheckt, nachdem ich angekommen bin."

„Julie, hey, stopp mal", wurde sie da jedoch von Ben ausgebremst. Er war neben Mama und Papa getreten, und wenn ich ihn nicht an seiner Stimme erkannt hätte, wäre ich nicht auf die Idee gekommen, dass es sich bei der bis zu der Nasenspitze vermummten Gestalt um Ben handeln könnte.

Scheinbar war ihm mein verdutzter Gesichtsausdruck nicht entgangen, denn er erklärte sofort: „Mich hat es leider richtig schlimm erwischt. Kopf- und Gliederschmerzen, und ich fürchte, Fieber ist nun auch noch dazugekommen.“

„Auweia“, bedauerte ich ihn sogleich.

„Und warum treibst du dich dann hier draußen am Hafen herum, wo ein eisiger Wind bläst, anstatt im Bett zu liegen und dich auszukurieren?“, wollte Mama wissen.

Ben zuckte die dicken Steppjackenschultern. „Das würde ich ja gern. Aber Julie …“

Er kam jedoch nicht weiter, weil Mama ihm sofort ins Wort fiel.

„Mach dir jetzt mal bitte um Julie keine Sorgen. Die zieht natürlich so lange zu uns in die Ferienwohnung. Da ist Platz genug und du kannst dich ganz in Ruhe auskurieren.“

„Wirklich?“, fragte Ben.

Mama nickte überschwänglich. „Dann kann ich mich endlich mal dafür revanchieren, dass Fritzi ständig mit euch unterwegs ist.“

Julie und ich hatten der Unterhaltung der Erwachsenen mit angehaltenem Atem gelauscht. Julie bei uns in der Ferienwohnung – das wäre wirklich der absolute Oberkracher.

Doch erst als Ben sich an sie wandte, ihr sanft über die Wange strich und betrübt fragte: „Wäre das denn überhaupt okay für dich, wenn ich dich ein paar Tage bei Fritzi und ihren Eltern einquartiere?“, brachen wir zeitgleich in lauten Jubel aus.

„Na super“, maulte Ben und spielte den Beleidigten, „so schnell ist man also bei den Kids von heute abgeschrieben.“

„Ach Ben-Papi!“ Julie klopfte ihrem Vater aufmunternd den Rücken. „Nun lass den Kopf nicht hängen. Ich hab dich doch trotzdem lieb. Auch mit triefender Knollennase. Und außerdem ist der Isländerhof doch quasi bei dir um die Ecke. Ich hol gleich meine Sachen und dann komme ich dich noch mindestens sieben Mal am Tag mit Fritzi besuchen.“

An Bens Augen konnte man deutlich erkennen, dass er unter seinem dicken Schal grinste.

„Dann bin ich aber beruhigt“, erklärte er.

Mit diesen Worten schlappte er davon.

„Erhol dich schnell, Ben-Papi, in zwei Tagen ist dein Geburtstag und dann wird ordentlich – yiiieha – gefeiert“, rief Julie ihm hinterher.

Verrückte Julie – total verrückte Julie.

3. Kapitel

Der Isländerhof Spiekeroog war mehr als nur traumhaft schön. Und dabei beeindruckte uns gar nicht mal so sehr das große Haus, in dem sich auch unser Appartement befand: mitten in den Dünen, mit unverbautem Blick auf die Pferdekoppeln. Vielmehr war es die Art, wie die Pferde hier gehalten wurden. So natürlich, so ursprünglich.

Auf einer Weide, die schier grenzenlos wirkte, trotzten die Tiere einfach jedem Wetter. Rau, wild, frei – kein Wind schien ihnen zu eisig, kein Schneefall zu stark zu sein.

Ja, sogar Julie war für einen ziemlich langen Moment sprachlos. Und das passierte wirklich selten.

„Weißt du, Fritzi, was ich gestern gedacht habe, als Ben mir die Isländerherde schon kurz gezeigt hat?“, seufzte sie schließlich. „So soll es eigentlich sein. Immer unter freiem Himmel."

„Dafür sind aber bestimmt nicht alle Rassen geeignet", gab ich zu bedenken. „Oder könntest du dir vorstellen, dass Sunny bei diesem eisigen Wetter im hohen Schnee draußen auf der Weide übernachtet?"

Julie zuckte die Schultern. „Wenn sie es von Anfang an so gewöhnt wäre, bestimmt. Aber natürlich haben wir Menschen die Pferde total verweichlicht. Ben sagt immer, wir vermenschlichen sie."

Darüber musste ich einen Augenblick nachdenken – und ja, Ben hatte recht. Auf einigen Reiterhöfen

wurden die Pferde bei den harmlosesten Minusgraden sofort eingedeckt. Schließlich wollte keiner der Besitzer, dass ihnen ein zu langes Fell wuchs. Wenn die Tiere durchs Reiten ins Schwitzen gerieten, dauerte es dann nämlich ewig, bis das dicke Fell wieder getrocknet war. Und dann erkälteten sich die Pferde natürlich schneller.

Einige Turnierpferde durften nicht einmal bei gutem Wetter auf die Weide. Die Gefahr, dass sie sich verletzen könnten, war den Besitzern einfach zu groß.

Ich ließ meinen Blick mit gerunzelter Stirn über die weiten Weideflächen schweifen. Es war schon verrückt: Einerseits sorgten die Reiter sich um ihre Pferde, kauften das teuerste Futter, die beste Ausrüstung, impften regelmäßig, entwurmten, ließen sich das alles richtig viel kosten, und auf der anderen Seite muteten sie ihren „Lieblingen" zu, den größten Teil ihres Lebens in einer kleinen Box zu verbringen. Am besten noch mit so wenig Kontakt zu anderen Pferden wie möglich. Sie könnten sich ja beißen oder sonst was Schlimmes antun.

Und dabei ist doch völlig klar, dass für jedes Pferd

ausreichende Bewegung und der Herdenverband superwichtig sind.

Ich war froh, dass es auf dem Kronsberghof von Nele und Mathis anders gehandhabt wurde. Dort durften die Pferde wenigstens tagsüber auf die Weiden oder im Winter für ein paar Stunden auf den Paddock.

Aber hier auf dem Isländerhof schien man wirklich alles daranzusetzen, dass die Tiere so ursprünglich und natürlich wie möglich leben konnten.

Ich fand's klasse. Richtig große Klasse. Sollte ich irgendwann einmal selbst das unfassbare Glück haben, ein eigenes Pferd zu besitzen, dann wollte ich es ähnlich frei und artgerecht halten, beschloss ich in diesem Moment.

„Weißt du, Julie", sagte ich zu meiner Freundin, „erst jetzt begreife ich so richtig, warum du Sunny bei Ben auf der Eagle-Free-Ranch gelassen und nicht mit nach Stuttgart genommen hast, obwohl du sie dort jeden Tag sehen und reiten könntest."

Meine Freundin legte den Arm um meine Schulter und drückte mir einen Kuss auf die eisige Wange.

„Das ist gut", sagte sie nur.

„Stimmt", nickte ich und gab ihr einen Beste-Freundinnen-Kuss zurück.

„Und was wollen wir jetzt tun?", fragte Julie. „Zum Reiten ist es zu spät."

Ich warf einen Blick auf meine Pferdemotiv-Armbanduhr. „Es ist doch gerade mal drei Uhr?!" Kein Grund, aufs Reiten zu verzichten, fand ich. Schließlich waren wir deshalb hierhergekommen.

Doch Julie schüttelte gleich den Kopf. „Kannst du vergessen. Spätestens um halb fünf wird es dunkel. Und wenn ich sage dunkel, dann ist das noch untertrieben. Hier ist es so finster, dass du nicht einmal die eigene Hand vor Augen siehst. Ich schwöre es dir."

„Haben die denn keinen beleuchteten Reitplatz? Oder vielleicht sogar eine Reithalle?" So schnell wollte ich nicht aufgeben.

Erneut verneinte Julie. „Fehlanzeige. Eine Halle besitzt hier auf der Insel nur der Züchter, für den Ben die jungen Pferde angeritten hat. Aber dort kann man nicht reiten. Außerdem wollten wir doch Isländer reiten und keine jungen Trakehner, gelle?!"

„Okay", gab ich mich geschlagen. Wenn's nicht sein

sollte, dann blieben ja noch morgen und übermorgen und überübermorgen und …

„Aber wir können zu den Isis gehen, die im Offenstall direkt auf dem Hof sind", schlug Julie vor. „Ich hab gestern schon mal ganz kurz über den Zaun gelugt."

„Super Idee!", freute ich mich.

Leider sah Mama das gaaanz anders. Als wir nämlich auf dem Weg zum Stall an der Ferienwohnung vorbeikamen, pfiff sie uns erst einmal zu sich rüber. „Wo wollt ihr denn hin?"

Ich zuckte mit den Schultern. „In den Stall zu den Pferden. Julie meint, dass direkt auf dem Hof einige der Isländer im Offenstall sind."

Mama legte die Stirn in Falten. Verdammt! Den Blick kannte ich leider zu gut.

„Es wäre mir aber schon recht, wenn ihr erst einmal die Taschen auspacken und eure Sachen einräumen würdet. Die Pferde laufen euch bestimmt nicht weg."

Julie sah erst Mama und dann mich verdutzt an. Auweia, bestimmt bereute sie schon jetzt, dass sie zu uns in die Ferienwohnung gezogen war. Wenn wir mit Ben unterwegs waren, war immer alles viel lockerer abgelaufen. Ob wir nun unsere Klamotten auspackten oder eben die ganze Zeit über aus dem Koffer lebten: Ihm war beides recht.

Julie hatte mal gesagt, dass das davon käme, dass er ständig unterwegs wäre. Wenn er jedes Mal ein- und wieder auspackte, dann würde er ja quasi nichts anderes mehr tun. Ich fand's total verständlich und schämte mich mit leuchtturmrotem Kopf wegen Mamas Genauigkeit und ihres übertriebenen Ordnungssinns.

Menno!

Doch wie so oft überraschte Julie mich.

„O ja, entschuldigen Sie bitte, Frau Ludwig", sagte sie und schenkte Mama ein gewinnendes Lächeln. „Wegen der ganzen Wiedersehensfreude und des tollen Hofs hier haben wir das glatt vergessen."

Mama winkte großzügig ab. „Das verstehe ich natürlich."

„Na, dann ist ja alles klar!", rief ich fröhlich. „Bis später!"

Doch erneut wurde ich von meiner Mama ausgebremst. „Friederike?"

„Was?" Hatte sie nicht gerade eben behauptet, dass sie Verständnis dafür hatte, dass es momentan viel Wichtigeres als Klamotten-in-den-Schrank-Hängen für uns gab? Meine Güte, war das anstrengend mit Mama.

„Ich habe euch doch gebeten, erst einmal eure Aufgaben zu erledigen." Mamas Stimme klang leicht vorwurfsvoll.

Schöne Bescherung, das wurde ja immer besser – und peinlicher. *Aufgaben erledigen.* Wie sich das anhörte. Was sollte Julie nur von uns denken?

„Und anschließend würde ich gern mit euch zusammen die Insel erkunden."

„Was?", rief ich völlig von den Socken.

Mamas Stirn sah aus wie die eines Faltenhundes.

„Warum bist du darüber so erschrocken, Fritzi? Ich dachte, du freust dich, dass wir die nächsten fünf Tage alles zusammen machen werden?! Papa und ich haben schon ein Rundum-Eltern-Kind-beste-Freundin-Programm ausgearbeitet."

„Nicht dein Ernst?", keuchte ich fassungslos.

Mama nickte. „Natürlich ist das mein Ernst!"

Ich schnappte nach Luft. O mein Gott, so hatte ich mir den gemeinsamen Urlaub bestimmt nicht vorgestellt. Julie und ich wollten die Insel erkunden. OHNE elterliche Begleitung. Reitend. Wild und frei. So wie die Isländer hinten auf den Weiden.

„Sie grinst, Fritzi!" Julie rammte mir den Ellbogen in die Seite.

„W-wer?", stammelte ich. Irgendwie stand ich gerade komplett auf dem Schlauch.

„Deine Mama", kicherte Julie. „Kapierst du es nicht? Sie hat dich vergackeiert!"

Ich sah Mama an. Ihre Unterlippe zuckte verräterisch. Dann prustete sie auch schon los. „Wie du geguckt hast, Fritzi. Zu herrlich."

„Mama", murrte ich vorwurfsvoll. „Mir ist fast das Herz stehen geblieben."

Aber dann lachte auch ich erleichtert los.

Puh … noch mal Glück gehabt. Das wär's ja gewesen – Julie und ich, und an unseren Hacken pappten Mama und Papa.

4. Kapitel

„Hier gibt es ja tatsächlich keinen richtigen Pferdestall mit einzelnen Boxen und so“, stellte ich eine halbe Stunde später ein wenig erstaunt fest.

Wir waren mit dem nervigen Auspacken fertig und konnten nun endlich, endlich den Rest des Geländes erkunden.

Gerade hatten wir den Innenhof betreten, der zur linken Seite von mehreren Gebäuden und einem großen Wohnhaus umgeben war. Links erstreckte sich fast über die ganze Fläche ein riesenroßer Paddock.

Julie schob sich die Strickmütze ein wenig aus der Stirn. „Hab ich dir doch schon erzählt. Die Isländer sind entweder auf der Weide oder im Offenstall. Das ganze Jahr über. Bei Wind und Wetter.“

Ich wollte gerade etwas erwidern, als eine leicht

kratzige Stimme hinter uns erklang und Julie und ich zeitgleich herumfuhren.

„Hi, ihr seid bestimmt die beiden pferdeverrückten Mädchen, die mir die Janne angekündigt hat?!"

Vor uns stand ein kleiner Mann mit einer Vollglatze und grinste uns breit an. Wie alt er war, konnte man schwer schätzen. Irgendetwas zwischen zwanzig und vierzig.

„Janne?", fragte Julie. „Wer ist Janne?"

Julie war mal wieder schneller mit dem Sprechen. Außerdem hatte ich gerade mächtig damit zu tun, nicht loszukichern.

Der Mann sah wirklich zu ulkig aus. Wie ein Zwerg. Nur ohne Zipfelmütze.

„Frau Friedrichs. Die Besitzerin des Isländerhofes. Oder seid ihr zwei ganz andere Mädchen? Etwa welche, die von Pferdehaaren gleich das Niesen bekommen und so?"

„Unsinn!", rief Julie empört, während ich jetzt nicht länger an mich halten konnte und albern zu quietschen anfing. Wie der redete!

„Ach so", sagte der Typ. Zum Glück ging er nicht

weiter auf mein dusselig peinliches Benehmen ein. „Na, dann kommt mal mit."

Er stampfte los. O-beinig wie ein Fußballspieler. Ich biss mir verzweifelt in den Handrücken. Das sah einfach zu … drollig aus.

„Hör auf damit, Fritzi", zischte Julie mir leise zu. „Das ist bestimmt der Stallbursche. Mit dem muss man sich gut stellen."

Ich wollte ja aufhören, ganz ehrlich! Aber ich konnte einfach nicht.

„Herr … ähm", rief Julie dem o-beinigen Stallburschen hinterher. „Einen Moment bitte, wir kommen gleich nach."

„Nennt mich ruhig Lordi, und okay, ich warte drüben beim Paddock auf euch."

„Lordi", wieherte ich. Im nächsten Moment warf Julie mich fast in den Schnee. Zum Glück konnte ich mich gerade noch an der Hausecke festhalten, um die sie mich herumgeschubst hatte.

„Fritzi, was ist denn bloß in dich gefahren?", motzte sie mich vorwurfsvoll an. „Warum lachst du den armen kleinen Mann aus? Glaubst du, der ist glücklich darüber? Außerdem, hast du überhaupt eine Ahnung, wie kalt der es hat? Ich meine auf dem Kopf?!"

„Ich-ich", gluckste ich, „weiß auch nicht. Vielleicht wegen der ganzen Aufregung und weil meine Eltern gerade so anders sind. So kenne ich die gar nicht. So locker und lustig. Zu Hause sind sie meistens im Stress und haben mächtig viel zu tun."

Julie bekam zwar Untertassenaugen, aber ich hatte mich endlich wieder eingekriegt. „Sorry, jetzt geht es wieder." Ich hob die rechte Hand zum Schwur. „Versprochen!"

Wenige Momente später standen wir wieder neben Lordi – was übrigens von Lorenzo Knesebeck abgeleitet war. Lorenzo wegen seiner italienischen Mut-

ter, Knesebeck wegen seines Vaters, der waschechter Spiekerooger gewesen war.

„Meine Mutter war zur Sommerfrische hierhergekommen und hat sich dabei in einen jungen Fischer verliebt“, erklärte uns Lordi, bevor er endlich auf unser Lieblingsthema zu sprechen kam: die Pferde!

„Einige von den Isis sind für die Feriengäste zum Reiten gedacht. Deshalb stehen sie hier auf dem Hof in der Offenstallhaltung. Aber immer nur für kurze Zeit. Dann werden sie wieder ausgetauscht und kommen zurück in die Herde auf die Weiden.“

„Das ist ja cool“, fand Julie. „Sie sind also Teilzeit-Reitpferde.“

Lordi nickte. „Welche Teilzeit-Isis möchtet ihr denn nehmen?“

„Wir dürfen uns einfach so zwei Isis aussuchen?“, staunte ich.

Inzwischen konnte ich Lordi ansehen, ohne albern zu kichern. Zum Glück.

Lordi nickte. „Klar doch. Janne meinte, ihr sollt erst hier auf dem Hof ein bisschen üben, und wenn ihr mögt, dann könnt ihr morgen ausreiten.“

„Wow, wie cool ist das denn?!“, freute ich mich.

„Aber woher wissen wir, welche Isis zu uns passen? Ich meine, es könnte ja sein, dass ich sage: Der Schimmel dahinten an der Heuraufe sieht total lieb und gemütlich aus, aber kaum sitze ich auf ihm, geht er im Rennpass mit mir durch und ich segele im hohen Bogen runter?!“, fragte Julie.

Lordi kratzte sich am kahlen Hinterkopf.

„Die Gefahr besteht wirklich nicht. Unsere Isis sind alle superlieb und umgänglich. Keines der Tiere bockt normalerweise oder geht sogar durch. Solche Unarten gibt es hier bei uns nicht. Außerdem, bist du nicht Bens Tochter?“

„Ja …“ Julie bekam den Mund vor lauter Staunen kaum wieder zu. „Woher weißt du das? Und woher kennst du meinen Vater?“ Wie selbstverständlich duzte sie ihn.

„Weil er schon seit Jahren auf die Insel kommt und Janne und mir schon ganz viel über dich erzählt hat. Nämlich, dass du ein super Gespür für Pferde hättest und immer sofort wüsstest, wie ein Tier tickt.“

„Echt?“, staunte Julie. Sie fühlte sich mächtig geschmeichelt. Das sah ich ihr an. Aber mir wäre es an ihrer Stelle ganz genauso gegangen. Schließlich war das ein wirklich tolles Kompliment.

Doch als Lordi im nächsten Moment hinzufügte: „Außerdem siehst du ganz genauso wie dein Vater aus", lief Julie ketchuprot an und brummte empört: „Blödsinn!"

Auch diesmal konnte ich sie gut verstehen. Welches Mädchen wollte schon gesagt bekommen, dass es aussah wie ein Mann!

„Okay, dann nehme ich den Schimmel", erklärte Julie schnippisch.

Dann kletterte sie auch schon unter dem Gatter hindurch auf den großen Paddock.

„Warte!", rief Lordi ihr nach. „Ich zeig euch noch schnell, wo ihr das Putzzeug, Trensen und die Sättel findet. Und dann gibt es natürlich noch eine gratis Reitstunde für euch."

„Dann ist ja gut", atmete ich erleichtert auf.

So sehr ich mich auch darüber freute, dass Julie und ich später ganz allein ausreiten durften, ich hatte zuvor noch niemals auf einem Isländerpferd gesessen, und eine kleine *Einweisungsstunde* hielt ich wirklich für eine gute Idee.

Julie hingegen war wohl immer noch ziemlich stinkig wegen des Ben-Vergleichs, denn sie knurrte: „Und wer soll uns bitte schön die Reitstunde geben?"

Lordi rollte mit den Augen. Das sah sehr ulkig aus, sodass ich beinahe schon wieder losgeprustet hätte.

„Natürlich ich!", erklärte er schief grinsend. „Oder traust du mir das nicht zu?"

Ich sah Julie an, dass ihr eine freche Antwort bereits auf der Zungenspitze herumhüpfte. Keine guten Voraussetzungen für ein paar schöne Tage auf dem Isländerhof.

„Hast du nicht selbst gesagt", zischte ich ihr warnend zu, „mit dem Stallburschen muss man sich gut stellen?"

Julie atmete tief durch – sehr tief – und schüttelte dann schließlich langsam den Kopf. „Nö, alles klar."

„Okay, dann kommt mal mit in die Sattelkammer", sagte Lordi und trabte los.

Ich kniff Julie leicht in den Oberarm, weil sie hinter Lordis Rücken die wildesten Grimassen zog.

„Julie, hör auf damit“, kicherte ich.

In der Sattelkammer war es schön warm und sehr ordentlich. Irgendwie hatte ich nicht erwartet, dass es hier genauso aussah wie bei uns auf dem Reiterhof. Doch auch auf dem Isländerhof hingen die Sättel unter verschiedenen Namensschildern in Reih und Glied an den Wänden und darunter baumelten die passenden Trensen.

„Der Schimmel heißt Fjandi“, sagte Lordi zu Julie. Dann wandte er sich an mich. „Jetzt hast du irgendwie ganz vergessen, dir ein Pferd auszusuchen“, stellte er fest.

Tatsächlich. Ich war gerade eben so mit dem ganzen Julie-ist-stinkig-Kram beschäftigt gewesen, dass mir das glatt entgangen war. Unfassbar.

„Ähm … na ja, irgendwie …“, stammelte ich mir einen zurecht.

Doch Lordi lächelte mich nur freundlich an. „Kein Problem. Ich teile dir dann einfach mal den Frisco zu. Der ist Vollprofi und vor allen Dingen kann man sehr gut auf ihm sitzen.“

Ich nickte erleichtert und einen kurzen Moment

später marschierten wir mit Zaumzeug und Putzutensilien rüber zum Anbindeplatz.

Frisco war ein kleiner Rappe mit einem Stern und zwei weißen Hinterbeinen.

Sein Fell erinnerte mich an meine dicke Wollmütze, die ich letztes Jahr auf dem Weihnachtsmarkt gekauft, aber inzwischen irgendwie verlegt hatte. Lang, weich, dicht und sehr zottelig.

„Na, du kleiner Racker", begrüßte ich ihn.

Frisco schob mir die Schnauze entgegen und begrüßte mich mit einem sanften Stupser. Ich nahm ihn

vorsichtig am Halfter und führte ihn vom Paddock zum Anbinder.

Das Putzen von Frisco stellte sich als wirklich harte Geduldsprobe heraus. Zum Schluss konnte ich kaum noch Kardätsche und Striegel halten, so lahm waren meine Arme.

Am schwierigsten war es, durch Friscos struppige Mähne zu kommen: Julie neben mir kämpfte genauso mit Fjandis dichtem Fell.

„Das erinnert mich an Higgins, als er noch kleiner war“, erklärte sie. „Sein Fell war so dicht, dass sich ständig Haarknoten gebildet haben, die man dann vorsichtig mit dem Kamm herauslösen musste. Doch gegen diese Zottelmähne hier war das glatt ein Kinderspiel.“

Ich nickte. Higgins war der Australian-Shepherd-Rüde von Julies Großeltern, der Julie auf der Eagle-Free-Ranch überallhin folgte. Aber zwischen seinem weichen Strubbelfell und diesem Berg von Pferdewolle lagen wirklich Welten!

Inzwischen war ich zum Schweif vorgedrungen. Bis hierher hatte der zottelige Frisco alles geduldig über

sich ergehen lassen. Doch hinten schien der Kleine kitzelig zu sein.

Jeden Versuch, ihn bei der Schweifrübe zu packen, machte er zunichte, indem er sie fest zwischen die Hinterbacken presste. Es war gar nicht daran zu denken, sich ihm mit dem Kamm zu nähern.

„Das mag er gar nicht“, erklang plötzlich eine helle Frauenstimme.

Ich wandte mich um und entdeckte eine junge Frau mit dicker Mütze und Jacke, die lächelnd am Anbindepfosten lehnte.

„Ach so“, murmelte ich irritiert, weil ich weder mitbekommen hatte, wie sie sich genähert hatte, noch wusste, wer sie war.

Julie starrte sie genauso perplex an.

„Ihr seid bestimmt Fritzi und Julie?!“

Wir nickten im Takt.

„Mit Frisco und Fjandi habt ihr euch zwei wirklich tolle und zuverlässige Isis ausgesucht", fuhr sie fort. „Frisco kann unheimlich gut …" Mitten im Satz stockte sie. Wahrscheinlich war ihr aufgefallen, dass Julie und ich sie wie zwei große Fragezeichen ansahen. „Herrje, ihr wart ja gar nicht dabei, als ich vorhin Fritzis Eltern auf dem Hof willkommen geheißen habe?"

Erneut nickten wir, denn da waren wir bereits runter zu den Weiden gelaufen.

„Dann habt ihr natürlich nicht die geringste Ahnung, wer ich bin!"

Ein drittes Mal nickten Julie und ich.

Die junge Frau lachte hell auf. „Das ist mal wieder typisch für mich. Ich bin Janne Friedrichs."

Das war also die Besitzerin des Isländerhofes.

„Hallo, Frau Friedrichs", begrüßte Julie sie.

„Hallo", sagte auch ich.

„So, nun muss ich auch wieder flitzen", erklärte Janne Friedrichs und zwinkerte uns zu. „Aber bei Lordi seid ihr ja in den besten Händen." Suchend sah sie sich um. „Wo ist er denn überhaupt? Er wollte euch doch eine Reitstunde geben!"

„Er hat gemeint, er kommt gleich wieder zurück", erklärte ich.

Nun grinste Janne wieder. „Na, dann ist ja alles in bester Ordnung. Viel Spaß und tschüss", rief sie und war auch schon im Haus verschwunden.

Kurz darauf kam Lordi tatsächlich zurück. Ich bemühte mich gerade sehr, Frisco vorschriftsmäßig zu satteln. Doch den Sattelgurt bekam ich beim besten Willen nicht zu. Plötzlich kam mir Frisco nämlich noch breiter als hoch vor.

„Er pumpt sich auf", lachte Lordi. „Ein uralter Trick. Führe ihn mal ein paar Runden Schritt."

Kaum war ich mit Frisco drei, vier Schritte gegangen, ließ er die Luft aus dem Bauch wie ein angestochener Luftballon. Jetzt konnte ich den Gurt ohne Mühe festziehen.

Lordi sah zu und betrachtete dann prüfend Julies und mein Pferdeputzwerk.

„Donnerwetter, die beiden sind ja kaum wiederzuerkennen." Er klopfte Frisco den Hals. „Gut habt ihr das gemacht. Als Isländer-Pferdepflegerinnen habt ihr schon mal 'ne Eins verdient. Na, dann kommt. Wir gehen rüber auf den Paddock. Da wollen wir dann mal schauen, welche Note ihr als Isländer-Reiterinnen von mir bekommt." Er zwinkerte uns zu und stapfte durch den feinen Schnee davon.

„Und die anderen Pferde?", fragte Julie. „Wir können doch nicht auf dem Paddock reiten, wenn die anderen Isis dort herumstehen."

Doch Lordi meinte, das wäre kein Problem. „Die gehen aus dem Weg."

Julie sah mich skeptisch an, und auch ich konnte mir nicht so recht vorstellen, wie das funktionieren sollte. Aber da Lordi uns auffordernd zunickte, führte ich Frisco schließlich auf den Paddock, stieg in den Sattel und nahm die Zügel auf. Julie folgte meinem Beispiel.

Wir ritten ein paar Runden im Kreis – fast hätte man meinen können, wir folgten der Spur eines Zirkels. Aber eben nur fast.

Immer wieder kamen wir von unserer Bahnlinie ab, weil eines der anderen Ponys meinte, sich zu uns gesellen zu müssen.

Schließlich sah Lordi es ein. „Okay, irgendwie sind die heute komisch drauf", meinte er nachdenklich. „Dann trenne ich mal kurz 'nen kleinen Reitplatz ab." Kaum gesagt, da war er schon davongeeilt, um wenige Momente später mit einem langen Strick und zwei Weidezaunstangen zu uns zurückzukommen. „Mal schauen, ob ich die bei dem harten Boden in die Erde gerammt bekomme."

„Niemals", brummte Julie. „Wetten wir?!"

Die Wette hätte sie locker verloren, wenn ich sie eingegangen wäre. Lordi bekam beide Stangen in den Boden und verband sie schließlich mit dem Strick. Auf der einen Seite standen nun die anderen Isis und gafften zu uns herüber wie die Kühe auf der Weide. Auf der anderen versuchten wir, auf dem minikleinen Platz unsere Ponys warmzureiten. In meinem ganzen Leben war ich noch nicht auf solch einem provisorischen Platz geritten. Aber irgendwie war es auch ziemlich lustig.

Der Schritt eines Isländers war kaum anders als der eines Ponys. Okay, die Tritte waren etwas kürzer und daher schneller, aber das war es auch schon.

„Dann trabt mal an“, forderte Lordi uns auf. „Und denkt dran, einfach nur tragen lassen. Füße etwas nach vorn, Beine nicht so fest an den Körper pressen. Eure Sitzhöcker bilden den Schwerpunkt. Hand vor und dann einfach nur machen lassen.“

Okay, dachte ich und schnalzte mit der Zunge, während ich Frisco leicht meine Schenkel in die Seiten drückte. Sofort trabte er an und ja, nach einigen etwas holprigen Schritten fand ich meinen Schwerpunkt und saß recht ordentlich im Sattel.

Julie hingegen hatte mächtig mit Fjandi zu kämpfen. Statt zu traben, war er in einen schläfrigen Schaukelgalopp gefallen. Ihn wieder zum Stehen zu bringen, schien quasi aussichtslos zu sein, wenn man Julie glauben konnte.

„Auf die Zügel reagiert er überhaupt nicht“, schimpfte sie mit hochrotem Kopf. „Was mache ich denn falsch?“

Lordi betrachtet die Szene amüsiert. „Mach mal brrr!“

Julie tat, was er ihr sagte, und saß im nächsten Moment vor ihrem Islandpony im Schnee, weil es eine abrupte Vollbremsung hingelegt hatte, auf die Julie natürlich nicht vorbereitet gewesen war.

„Aua, verdammt. Was war das denn?“, fluchte sie, während sie sich langsam wieder aufrichtete und sich den Schnee vom Po abklopfte.

Lordi lief besorgt zu ihr herüber. „Hast du dir wehgetan?“

Er war richtig blass geworden. Ich bestimmt auch. Für einen Moment war mir nämlich das Herz vor Schreck stehen geblieben, als ich meine Freundin im

hohen Bogen über den Hals ihres Isländers segeln gesehen hatte.

Doch zum Glück verneinte Julie und stieg auch sofort wieder in den Sattel. „Okay, brrr bedeutet Vollbremsung, Zunge schnalzen Galopp. Eigentlich ein bisschen wie zu Hause bei meiner Sunny. Die reagiert auch auf Stimme. Aber ich wusste nicht, dass die Isis das können. Na ja, dann auf ein Neues."

Julie war wirklich das verrückteste Mädchen, das ich kannte. Sie hatte echt vor nichts und niemandem Angst – und schon mal gar nicht vor einem etwas störrischen Islandpony.

„So ist es, Julie, du musst mit deinem Isi sprechen – mit Worten und auch Taten, verstehst du? Nicht grob, stell dir vor, es bestünde zwischen euch eine Art von Verbindung. Ein bisschen wie feiner elektrischer Strom, der von dir zu ihm fließt und von ihm zu dir und durch den du ihm alles mitteilen kannst, was er tun soll."

„Quasi via Smartphone?", grinste Julie.

Lordi lachte.

„Wenn du es so nennen möchtest? Aber sagen wir

doch lieber Gedankenübertragung. Du selbst musst ganz auf das konzentriert sein, was ihr beide tun wollt. Mit der Zeit wird er diese Sprache verstehen – deine eigene Konzentration wird sich auf ihn übertragen."

Wir folgten Lordis Rat. Ich auch, obwohl ich eigentlich keinerlei Probleme mit Frisco hatte. Und tatsächlich, unsere Ponys wurden zunehmend aufmerksamer und weicher im Maul, ihre Schritte weit und frei.

„Das war wirklich gut. Nun seid ihr in der Lage, euch mit den Isis zu verständigen", sagte Lordi schließlich. „Reitet noch ein bisschen Schritt und dann könnt ihr die beiden absatteln und wieder zu den anderen lassen. Die Abtrennung mache ich schon mal wieder weg. Oder stört euch das?"

Wir verneinten und taten, was er uns gesagt hatte. „Wegen eures Ausrittes morgen muss ich euch auch noch mit ein paar Regeln vertraut machen", sagte Lordi, gerade als Julie und ich die beiden Isländer zurück aufs Paddock gebracht hatten und uns nun flugs ins Warme verabschieden wollten.

„Regeln?", fragte ich.

Lordi nickte. „Wegen Ebbe und Flut."

„Damit kenne ich mich aus!“, behauptete Julie.

Doch Lordi beeindruckte das herzlich wenig.

„Auf den Ostfriesischen Inseln sind wir gezeitenabhängig, Ebbe und Flut bestimmen hier bei uns nicht nur den Schiffsverkehr, sondern beeinflussen auch viele unserer Lebensbereiche. Damit ihr während eines Ausrittes mit den Isis nicht plötzlich von der Flut überrascht werdet, ist es ganz wichtig, dass ihr die aktuelle Gezeitenvorhersage beachtet.“

Julie klopfte ihre Handschuhe aneinander. „Hat mir mein Papa schon längst alles erklärt“, sagte sie betont gelangweilt.

Mannomann, manchmal konnte Julie ein richtiger kleiner Kotzbrocken sein.

Später, als wir reichlich durchgefroren zum Ferienhaus marschierten, sprach ich sie darauf an.

„Die Reitstunde war doch am Ende richtig gut, Julie. Lordi ist wirklich ein super Lehrer. Zum Beispiel die Sache mit der Gedankenübertragung war ein toller Tipp. Warum warst du denn die ganze Zeit über so patzig zu ihm?!“

Julie baute sich vor mir auf. „Siehst du in meinem Gesicht irgendwo Bartstoppeln?“

Ich grinste. Daher wehte der Wind. Julie nahm ihm den Vergleich mit Ben immer noch übel. „Nö, nur unzählige Sommersprossen. Bestimmt ist er kurzsichtig und hat deine Sommersprossen für Bartstoppeln gehalten“, neckte ich sie.

Einen kurzen Moment lang funkelte Julie mich wütend an. Doch dann zuckte es um ihre Mundwinkel. „Ach so, jetzt kapiere ich es.“ Endlich konnte auch

Julie wieder lachen. „Da bin ich ja beruhigt, dass ich mich über Nacht nicht in einen Mann verwandelt habe."

Beim Abendessen mit Mama und Papa berichteten wir dann von Lordi, seinem schrägen Aussehen und natürlich von den zuckersüßen Isländern, in die wir uns sofort verliebt hatten.

Mama und Papa lauschten unseren begeisterten Ausführungen und amüsierten sich köstlich, als Julie sich wegen ihrer angeblichen großen Ähnlichkeit mit Ben aufregte. Doch als sie schließlich mit genervtem Augenrollen erklärte: „Und dann hat er uns noch einen ewig langen Vortrag wegen der Gefahren von Ebbe und Flut gehalten", da wurden beide sofort ernst.

„Ich hoffe, ihr habt gut zugehört!", sagte Mama.

„Ben hat mir vorher schon erklärt, wann wir ins Watt dürfen und wann nicht. Ich weiß wirklich Bescheid."

„Hier gibt es so viele andere Wege, die wir einschlagen können", fügte ich hinzu.

Julie stimmte mir nickend zu. „Durch die Salzwiesen oder den Wald, wir haben gar nicht vor, mit den Pferden ins Watt zu reiten. Und außerdem, wenn ich noch einmal von dem Isi runterplumpse, dann will ich ganz bestimmt nicht in der schneekalten Watt-Matsche-Patsche liegen."

Damit gaben Mama und Papa sich zufrieden und wir verabschiedeten uns kurze Zeit später ins Bett. Am nächsten Morgen wollten wir früh aufstehen, damit wir endlich das machen konnten, was wir am liebsten taten: zusammen ausreiten!

Himmel, war ich aufgeregt.

5. Kapitel

Kaum saßen wir am nächsten Morgen beim Frühstück, da klopfte Lordi an unsere Wohnungstür. „Morgen zusammen! Du, Fritzi, ich hab schlechte Nachrichten wegen Frisco. Er hat sich gestern nach unserer Reitstunde beim Toben auf dem Paddock das rechte Hinterbein vertreten und ich möchte ihn heute lieber hierbehalten. Nur zur Sicherheit."

Mein Herz sank. Hieß das etwa, dass wir heute doch nicht ausreiten konnten? Wie oberblöd wäre das denn?

Lordi musste meinen enttäuschten Gesichtsausdruck bemerkt haben, denn er hob gleich beschwichtigend die Hände. „Keine Sorge! Euren Ausritt könnt ihr trotzdem machen. Ich schlage vor, dass du auf Blossi reitest. Er ist auch richtig lieb, und du hast ja gestern schon gezeigt, dass du mit den Isis gleich gut klarkommst."

Ich atmete erleichtert auf und spürte, wie mein Herz vor Stolz etwas schneller schlug. Das war ja wohl ein echtes Lob von Lordi gewesen!

Der winkte indes eilig, rief: „Okay, ich muss dann auch schnell wieder los!", und war schon wieder zur Tür raus.

Julie knuffte mir in die Seite. „Na, dann kann's ja losgehen. Und dein Gesicht passt auch zu den süßen Isis. Du grinst wie ein Honigkuchenpferd!"

Keine Dreiviertelstunde später standen wir mit unseren Isis am Anbinder, und ein Blick in Blossis dunkle, warme Augen genügte, dass ich mich augenblicklich in den kleinen Kerl verliebte.

„Irgendwie kann ich unser Glück kaum fassen, dass wir ganz allein mit den beiden ausreiten dürfen", sagte ich zu Julie. „Echt genial, dass Ben immer und überall sämtliche Pferdeleute kennt. Und, na ja, dass ich nun auf Blossi reiten kann, obwohl ich ihn gestern gar nicht ausprobieren konnte."

Julie grinste. „Tja, mein Ben-Papi ist schon 'ne echte Bombe." Doch dann verdunkelte sich ihr Gesichtsausdruck ein wenig. „Aber irgendwie habe ich schon ein schlechtes Gewissen."

„Weil du zu uns gezogen bist?", vermutete ich.

Julie seufzte. „Wenn ich mir vorstelle, dass er krank und ganz allein auf dem Olgershof in seinem Bett liegt, während ich treulose Tomate fröhlich durch den Schnee reite … Kacke."

„Weißt du was", schlug ich meiner reumütigen Freundin vor. „Wenn wir von unserem Ausritt zurück sind, dann gehen wir ihn besuchen. Wir können ihm

ja eine Suppe kochen oder eine Wärmflasche bringen oder so!"

„Gute Idee", fand Julie und sah gleich wieder viel fröhlicher aus. „Na dann, Schnecke, hopp, hopp …", grinste sie mich an.

Wir führten unsere beiden Isländer vom Anbinder auf dem Hof weg, wo wir sie zuvor geputzt und gesattelt hatten.

Julies Schimmel senkte den Kopf, schnupperte an dem Schnee und kam dann wohl schnell zu dem Schluss, dass dies dasselbe Zeug sein musste, das

auch auf dem Paddock herumlag. Doch Blossi war völlig verblüfft. Behutsam setzte er einen Huf in den Schnee und war erstaunt, als er nachgab. Dann wollte er daran schnuppern, sog jedoch die Luft zu kräftig ein und musste so heftig niesen, dass Julie und ich uns vor Lachen kringelten.

„Man könnte meinen, dass er noch niemals zuvor Schnee gesehen hätte", staunte ich.

Das war wirklich verwunderlich, denn schließlich hatten wir ihn kurz zuvor von einem schneebedeckten Paddock geholt.

„Ja, es ist wirklich komisch, wie er sich jetzt auf einmal anstellt", fand auch Julie.

In diesen Moment öffnete sich die Haustür des Haupthauses, das sich in der Mitte des Hofes und ein gutes Stück von unserer Ferienwohnung entfernt befand.

„Guten Morgen", begrüßte uns Janne.

Wie gestern trug sie ihre knallbunte Pudelmütze tief ins Gesicht gezogen und steckte in einem ebenso knalligen Schneeoverall. „Ihr seid ja schon früh auf den Beinen."

„Guten Morgen“, erwiderten Julie und ich fast zeitgleich.

„Wie ich gehört habe, hat eure Reitstunde gestern noch gut geklappt?“

Wir nickten.

„Mein Mann ist ja auch wirklich ein toller Reitlehrer“, meinte Janne und hatte plötzlich einen ganz verklärten Gesichtsausdruck.

„Mann? Reitlehrer?“, fragte Julie.

Janne nickte. „Lordi. Wusstet ihr etwa nicht, dass Lordi mein Mann ist?“

„Ähm ... nein“, krächzte Julie und bekam feurig rote Wangen. Bestimmt wurde ihr gerade bewusst, dass sie somit gestern den Besitzer des Hofs und nicht den Stallburschen rotzfrech angemotzt hatte – wobei das natürlich eigentlich keinen Unterschied machte.

„Deinem Gesichtsausdruck nach zu urteilen, bist du noch etwas sauer auf ihn“, kombinierte Janne breit grinsend.

„Na ja, ich meine, nö, eigentlich nicht ...“, murmelte Julie. Ich konnte ihr von der Nasenspitze ablesen, dass sie sich gerade schrecklich schämte.

„O Mann, Lordi hat mir gestern Abend noch erzählt, dass er wohl ordentlich bei dir ins Fettnäpfchen getreten ist. Das tut mir wirklich leid. Manchmal ist sein Mundwerk schneller als sein Kopf."

„Kein Problem", erklärte Julie hörbar erleichtert.

Janne lächelte. „Dann ist ja alles in bester Ordnung."

Das fanden wir auch – diese Janne war wirklich nett. Und soweit ich das trotz ihrer dicken Vermummung erkennen konnte, auch richtig hübsch. Dass Lordi ihr Mann war, wunderte mich schon. Gleich darauf kam ich mir ziemlich dumm vor. Was hatte denn bitte schön das Aussehen eines Menschen mit seinem Charakter zu tun?

Nichts!

„Übrigens, falls ihr euch wundert, dass die Isis den Schnee noch etwas … na ja, sagen wir mal *gruselig* finden, das ist jedes Jahr so, wenn die ersten Flocken gefallen sind. Ganz besonders Blossi stellt sich zum Anfang immer schrecklich an. Deshalb wäre es mir auch lieber gewesen, wenn du Frisco genommen hättest. Der ist cooler." Sie klopfte Blossi mit ihrer dicken

Handschuhhand den Hals. „Nicht wahr, du kleiner Spinner." Dann wandte sie sich wieder an uns. „Aber das gibt sich gleich. Ich würde euch ja auch begleiten, aber leider muss ich rüber aufs Festland. Ein wichtiger Termin, der sich nicht verschieben lässt."

„Kein Problem", winkte Julie ab. „Wir schaffen das schon."

„Wir können ja erst mal nur Schritt reiten", schlug ich vor. Das wäre jetzt echt der Oberblödkracher, wenn wir doch nicht reiten dürften.

Einen Moment lang zögerte Janne noch. Doch dann nickte sie. „Okay, aber wählt nicht gleich eine zu weite Strecke aus. Wir wollen ja nicht, dass ihr euch verirrt. Dazu ist es nämlich echt zu kalt. Am besten reitet ihr in den Wald. Da ist es etwas geschützter."

Wir versicherten ihr, dass wir eh nicht vorhatten, allzu lange wegzubleiben, und ritten dann endlich vom Hof.

„Puh, das war knapp", stöhnte ich erleichtert.

„Und peinlich", fand Julie. „Aber kann ich denn ahnen, dass Lordi Jannes Mann ist?! Ich meine, der hat sich gestern ja wohl ziemlich ulkig aufgeführt."

„Tja, vielleicht solltest du nicht immer gleich so losblaffen“, zog ich sie augenzwinkernd auf.

Julie streckte mir die Zunge heraus. „Ja, ja, mach dich ruhig lustig über mich.“

„Das tue ich doch am liebsten“, kicherte ich.

„Außer reiten natürlich.“

„Und genau das sollten wir dann jetzt auch endlich mal tun“, meinte Julie.

Wo sie recht hatte, hatte sie recht!

6. Kapitel

Im Wald war es so still, als würde hier noch alles schlafen. Weder ein Vogel noch sonst ein Tier regte sich hier.

Das einzige Geräusch, das hin und wieder zu hören war, war das dumpfe Poltern, wenn der Schnee von den überladenen Zweigen fiel.

Julie und ich ritten langsam den geschwungenen Pfad entlang und überließen uns dem schreitenden Tempo der Pferde.

Bisher hatten wir es noch nicht gewagt anzutraben. Natürlich war ich ganz wild darauf, endlich zu tölten. Auch wenn wir Janne gesagt hatten, dass wir nur Schritt reiten wollten. Na ja, sie musste ja nichts davon erfahren.

Seitdem ich vor einem Jahr die Osterferien auf dem

Isländerhof auf Föhr geplant hatte, hatte ich so ziemlich alles über Isländer gelesen, was mir in die Finger gekommen war.

Besonders spannend fand ich dabei, dass ein Isländer außer Schritt, Trab und Galopp noch über zwei weitere Gangarten, nämlich Tölt und Pass, verfügte. Doch in unserer gestrigen Reitstunde waren wir nicht über Schritt und normalen Trab hinausgekommen. Lordi war es wichtiger gewesen, dass wir erst einmal lernten, uns mit den Tieren zu verständigen und ein sicheres Gefühl zu bekommen. Und außerdem wäre unser provisorischer Reitplatz für einen ordentlichen Tölt sowieso viel zu klein gewesen.

Einige bei uns im Reitstall hatten schon einmal auf einem Isländer gesessen und mir begeistert davon vorgeschwärmt, und in meiner Lieblingspferdezeitschrift hatte ich neulich einen großen Bericht über das Tölten gelesen, den ich natürlich dann sofort Julie am Telefon vorgelesen hatte. Demnach entsprach die Fußfolge des Tölts der des Schrittes und war ein klarer Viertakt.

Aber anders als im Schritt, wo sich Zwei- und Dreibeinstützen abwechselten, hatte ein töltendes Pferd immer nur ein oder zwei Hufe am Boden. Durch die fehlende Sprungphase sollte der Reiter beim Tölten nahezu erschütterungsfrei, fast wie in einem Sessel, sitzen. Zumindest hatte das so in dem Artikel gestanden, und nun war ich wirklich gespannt darauf, es endlich selbst zu erleben.

Doch leider stellte Blossi sich noch immer schrecklich wegen des Schnees an.

„So richtig wohl scheint er sich nicht zu fühlen“, ahnte ich.

Julie, die vor mir ritt, drehte sich um, stützte sich mit einer Hand auf dem hinteren Sattelrand ab, schaute Blossi zu und lachte.

„Wie ein Zirkuspferd", sagte sie. „Der ist echt albern."

Blossi hielt den Kopf gesenkt und schob seine Nase wie eine Schaufel durch den Schnee. Dann schleuderte er eine Handvoll in die Luft, schnaufte und erschrak sich anschließend vor dem, was da plötzlich auf ihn niederregnete.

Julie lachte sich scheckig. Doch ich beschloss, langsam ein wenig durchzugreifen.

„Jetzt ist aber mal gut, Blossi", sagte ich mit möglichst strenger Stimme, zog die Zügel etwas an und brachte meinen kleinen wilden Isländer endlich ein bisschen unter Kontrolle. Für einen kurzen Moment beruhigte Blossi sich.

Die immer noch grinsende Julie schüttelte den Kopf. „Wie war das noch: Isländer sind rassetypisch robust und wetterhart. Sie scheuen weder Kälte, Regen und Schnee, denn schließlich ermöglicht ihnen ihr besonders dickes Winterfell in ihrer isländischen

Heimat, draußen zu überwintern. Irgendwie scheinen wir mehr über Islandponys gelesen zu haben, als Blossi wahrhaben will."

Ich nickte und Julie wandte sich wieder nach vorn. Fjandi zeigte sich gänzlich unbeeindruckt von dem Theater hinter ihm. Er ging artig voran, lediglich sein Kopf wippte im Rhythmus seines Schrittes auf und ab. Dass er gestern auf dem Platz selbst so eine Show hingelegt hatte, davon war heute rein gar nichts mehr zu spüren.

Ein wenig beneidete ich Julie. Blossi war wirklich anstrengend. Im Reitunterricht auf dem Kronsberg-

hof ritt ich hin und wieder auf Santiago, einem kleinen Vollblüter, der auch gern mal etwas zappelig und nervös war.

Doch inzwischen wusste ich, wie ich ihn beruhigen konnte. Das gab mir Sicherheit beim Reiten, die sich dann wiederum auf ihn übertrug. Es war ganz einfach, je ruhiger und entspannter ich war, desto lockerer ging mein Pferd dahin.

Nur mit Blossi wollte das einfach nicht so hinhauen. Kaum hatte ich die Zügel verkürzt und dachte, er würde sich nun langsam etwas fassen, da entriss er sie mir mit einem Ruck wieder, um sein Maul in den Schnee zu stecken.

„Wollen wir mal antraben?", schlug Julie vor. „Janne muss es ja nicht unbedingt erfahren."

Tja, Julie und ich tickten wirklich ziemlich gleich.

„Gute Idee", rief ich. „Vielleicht kriegt sich Blossi dann ein bisschen ein."

Doch leichter gesagt als getan. Ich konnte dem Islandpony meine Waden noch so fest in die Flanken drücken, sogar ein wenig mit den Hacken dagegen klopfen, er wollte einfach nicht antraben. Auch die

Sache mit der gemeinsamen Konzentration klappte einfach nicht.

Blossi wollte nur eins: seine Nase in den frischen Schnee stecken.

„Na ja, dann gehen wir halt doch Schritt“, versuchte Julie mich aufzubauen. „Ist sowieso zu riskant, bei dem Untergrund so schnell zu reiten.“

Ich nickte – was blieb mir sonst auch übrig – und kämpfte weiter mit Blossi um die Zügel.

Kurz darauf kamen wir an einer kleinen Lichtung an. Von hier aus gelangte man an den Dünen vorbei runter ans Meer.

„Wollen wir zum Meer oder umkehren?“, fragte Julie mich.

Ich zuckte die Schultern und wollte gerade sagen, dass mir beides recht sei, als mein Blick auf einen roten Farbklecks inmitten der sonst einheitlich weißen Schneedecke fiel.

„Uhhh ... guck mal, da vorn! Was ist das denn?“, rief ich erschrocken.

Julie folgte meinem Blick und verzog dann ebenso abgestoßen das Gesicht. „Sieht aus wie eine blutig zerfetzte Maus. Oder nee, dafür ist es zu groß, wohl eher ein Hamster."

„Oder eine Ratte ... bah ... wie eklig!" Ich schüttelte mich.

„Vielleicht war das ein Fuchs. Allerdings ist es schon komisch, dass man gar keine Spuren im Schnee sieht", fand Julie.

Wir überlegten einen Moment, in dem Blossi tatsächlich den Kopf oben behielt. Scheinbar hatte er die betroffene Stimmung erfasst, die sich zwischen uns breitmachte.

„Jetzt weiß ich es, das war garantiert ein Bussard oder ein Adler", sagte Julie.

„Du meinst, er hat seine Beute aus Versehen fallen lassen?"

Julie nickte und ich seufzte nur leise: „Das arme Tierchen."

„Na ja", erwiderte Julie, „der Adler will schließlich auch überleben."

Damit hatte sie allerdings recht. So war das eben in der freien Wildbahn, fressen und gefressen werden.

„Wollen wir es vielleicht begraben?!", schlug ich vor.

Natürlich war das eine völlig blödsinnige Idee. Der Boden war steinhart gefroren. Aber irgendwie fand ich es schrecklich traurig, wie das Tier da im Schnee lag. So würdelos.

Julie sprang aus dem Sattel, reichte mir Fjandis Zügel und marschierte dann entschlossen zu unserem gruseligen Fund.

„Begraben kannst du vergessen", sagte sie und schob mit der Fußspitze so viel Schnee über das Tier, bis nur noch ein kleiner weißer Hügel zu sehen war. „Na ja, so sollte es gehen. Zumindest, bis es taut."

Ich nickte und Julie zog fröstelnd die Schultern hoch. „Mir ist kalt. Wollen wir zurück zum Hof reiten?"

Kalt war mir auch, vor Grauen und von dem eisigen Wind, der hier auf der Lichtung herrschte. Für heute reichte es mir.

„Ja, das wird wohl das Beste sein", sagte ich.

Julie stieg wieder in den Sattel, klopfte ihrem Islandpony den Hals und dann ritten wir denselben Waldpfad zurück, auf dem wir gekommen waren.

Blossi führte sich auf dem Rückweg genauso ungestüm auf wie zuvor. Als ich einige Häuser durch die Bäume hindurchschimmern sah, atmete ich erleichtert auf. Zum Isländerhof war es nun nicht mehr weit. Viel länger würde meine Kraft auch nicht mehr für das ewige Zügel-aus-der-Hand-reißen-Theater ausreichen.

Meine Güte, ich konnte mich nicht erinnern, wann ich mir jemals gewünscht hatte, dass ein Ausritt bitte ganz, ganz schnell vorbeigehen sollte. Echt nicht!

Als wir schließlich den Hof erreichten und von unseren Isländern abstiegen, war ich durchgefroren bis zu den Fußspitzen. Ich hätte nicht sagen können, was mir mehr wehtat: der Nacken, der Rücken oder die Arme. Der kleine Blossi hatte mir wirklich so einiges abverlangt.

Meinen ersten Ritt auf einem Isländer hatte ich mir wahrhaftig anders vorgestellt – nicht einmal zum Tölten waren wir gekommen, weil Blossi sich einfach allem widersetzt hatte.

Julie schien meine trübseligen Gedanken lesen zu können, denn sie schlug vor: „Morgen tauschen wir einfach mal die Ponys."

Erst wollte ich abwinken, mir nicht die Blöße geben, dass ich mit dem kleinen Dickkopf nicht zurechtgekommen war, doch dann siegte die Vernunft.

„Vielleicht ist er bei dir ja artiger …", murmelte ich.

Tröstend legte mir Julie ihren Arm um die Schultern. „Nun lass mal nicht gleich den Kopf hängen. Morgen wird es super. Ich spüre es ganz genau. Morgen werden wir den Ausritt unseres Lebens machen."

7. Kapitel

Zum Mittagessen kochte Mama mein absolutes Lieblingsgericht: Wiener Schnitzel mit Kroketten, Kohlrabigemüse und brauner Sauce. Danach war ich mit der Welt wieder einigermaßen versöhnt. Der unschöne Ausritt, unser blutiger Fund und die eisige Kälte kamen mir nun längst nicht mehr so schlimm wie vorhin vor. Womöglich hatte ich mich auch einfach nur ein bisschen angestellt.

„Wollen wir noch mal runter zu den Weiden gehen?“, schlug ich Julie vor.

Doch sie verneinte. „Ich möchte eigentlich lieber Ben ein bisschen Gesellschaft leisten.“

Also ließen wir uns von Mama einen Korb mit allerlei Leckereien für den kranken Ben zusammenstellen und marschierten los.

„Weißt du, Julie, wie du jetzt gerade aussiehst?!", fragte ich sie unterwegs schmunzelnd.

Sie blähte warnend die Nasenflügel auf. „Jetzt sag bloß nicht, wie Ben!"

Ich lachte. „Nö, aber wie Rotkäppchen."

„Was? Das wird ja immer besser ... öhm ... schlimmer", spielte meine beste Freundin die Entsetzte.

„Aber wenn es doch so ist? Rote Mütze, rote Jacke und ein prall gefüllter Weidenkorb mit lauter Sachen für die arme kranke Großmutter."

Julie zeigte mir grinsend einen Vogel. „Klar doch und Ben ist ab sofort 'ne Omi."

Lachend erreichten wir das Gestüt und fanden dort einen reichlich blassen und sehr leidenden Ben vor. Himmel und Hölle, Julies armen Papa hatte es wirklich böse erwischt.

Stöhnend richtete er sich im Bett auf, warf einen Blick in den mitgebrachten Weidenkorb und verzog das Gesicht.

„Ich hab keinen Appetit", krächzte er.

„Aber, Ben", sagte Julie. So schnell wollte sie natürlich nicht aufgeben. „Du musst doch etwas essen. Wir haben dir so viele leckere Sachen mitgebracht."

„Ich kann eh nicht schlucken. Mein Hals brennt wie Feuer", weigerte Ben sich standhaft.

„Sollen wir dir irgendwelche Medikamente holen? Halsbonbons? Hustensaft? Was zum Einreiben?"

Doch Ben schüttelte nur den Kopf.

„Julie, sei mir nicht böse, aber wenn du mir wirklich einen Gefallen tun möchtest, dann lasst mich einfach schlafen."

„Aber, Ben-Papi, ich kann dich doch nicht so hier liegen lassen!" Julie war richtig verzweifelt.

„Doch. Seid so lieb und geht wieder. Ich will wirklich nur schlafen. Morgen geht es mir bestimmt wieder besser."

„Morgen hast du Geburtstag", wisperte Julie. In ihren Augenwinkeln glitzerte es verdächtig. Sie sorgte sich wirklich sehr um Ben. „Und der Korb? Sollen wir ihn hierlassen?", unternahm sie einen letzten Versuch. Doch Ben waren schon wieder die Augen zugefallen.

Sanft tätschelte Julie ihm die Schulter und dann schlichen wir uns auf Zehenspitzen aus dem Zimmer. Obwohl das bestimmt nicht nötig war. Bens Schnarchen nach zu urteilen, weckten den keine zehn Elefanten auf.

„Weißt du was", schlug ich meiner besorgten Freundin vor der Tür vor, „ich sage meinem Papa, dass er nachher mal nach Ben sehen soll. Schließlich ist er Arzt und weiß bestimmt, was Ben guttut."

Mit dieser Idee war Julie einverstanden – auch wenn sie noch anmerkte: „Aber dein Papa ist doch Zahnarzt. Darf der eigentlich auch bei richtigen Krankheiten was machen?"

Ich nickte und behauptete voll Inbrunst: „Na klar. Arzt ist Arzt!"

Okay, ganz sicher war ich mir nicht, aber egal, Hauptsache, Julie war nicht mehr so geknickt und sorgte sich um Ben.

Auf dem Rückweg gingen wir noch kurz bei den Weiden vorbei. Lange hielten wir es in der Kälte aber nicht aus. Außerdem wartete in der Ferienwohnung köstlicher Schokoladenkuchen auf uns. Mama war voll und ganz im Koch- und Backfieber.

„Ich liebe das", erklärte sie Julie, die überhaupt nicht verstehen konnte, warum sie im Urlaub den halben Tag in der Küche verbrachte. „Zu Hause habe ich zum Backen nur selten Zeit. Außerdem kann ich mich dabei herrlich entspannen."

„Echt?" Julie sah Mama ungläubig an.

„Echt!", erklärte Mama und schob die nächste Backform in den Ofen.

8. Kapitel

Am nächsten Morgen wachte ich mit rasenden Kopfschmerzen auf. Hinter meiner Stirn puckerte es, als ob dort ein kleines Männchen hocken und mit einem Minihammer zuhauen würde.

Schwerfällig wühlte ich mich aus dem Bett und schleppte mich ins Badezimmer.

Brrr ... war der Fußboden kalt. Dafür brannte es im Vergleich mit meinen eisigen Füßen in meiner Kehle beim Schlucken wie Feuer und meine Nase lief in einem fort.

Im Badezimmer traf ich auf Julie. Sie sprühte vor Tatendrang und Energie. Ich leider kein bisschen. Ben hatte mich angesteckt. Das war klar wie Kloßbrühe. So ein dummer, dummer Mist.

Ganze vier Tage würden wir noch auf Spiekeroog

sein und ich sollte mich ins Bett legen und meine Erkältung auskurieren?

Nein!

Niemals!

Zähne zusammenbeißen und durch, beschloss ich, während ich mir die größte Mühe gab, auf Julies fröhliches Geplänkel einzugehen.

Ich wollte mir auf gar keinen Fall anmerken lassen, dass ich mich wie zweimal durch den Fleischwolf gedreht fühlte.

„Ben hat gerade angerufen, ihm geht es schon wieder viel besser.“

„Das freut mich“, fiepste ich.

Julie musterte mich skeptisch. „Und warum ziehst du dann ein Gesicht, als ob dir ’ne Herde Isländer davongaloppiert ist?“

„Ich?“, tat ich unschuldig. „Quatsch, alles ist prima. Garantiert!“

Julie rümpfte die Nase. „Hmmm ... und das soll ich dir glauben?“

„Kannst du!“ Mist, Julie konnte man nicht so leicht an der Nase herumführen! Ich versuchte, ein extrafröhliches Lächeln aufzusetzen.

Einen Moment lang sah Julie noch unentschlossen aus, doch dann zuckte sie die Schultern und erklärte: „Ich habe auf jeden Fall mit Ben vereinbart, dass wir später, also wenn wir von unserem Ausritt zurück sind, zusammen Kuchen essen. Eigentlich wollte er, dass wir zu ihm kommen, aber dann hat deine Mama gemeint, das sei doch Unsinn, und hat ihn überredet, dass er hierherkommt. Wir wollen ihm einen richtig schönen Geburtstagstisch machen.“

Julie strahlte vor Begeisterung, und ich konnte nur staunen, was meine beste Freundin heute Morgen schon alles organisiert und geplant hatte. Zumal es mir von Minute zu Minute immer mehr an Energie fehlte. Ich war echt platt.

„Und dann habe ich mich noch bei Lordi entschuldigt. Aber der hat das total locker gesehen“, quasselte sie fröhlich weiter. „Na ja, dann habe ich ihn gleich mal auf Blossi angesprochen, und er meinte, dass der eigentlich total umgänglich sei. Aber wenn wir möchten, dann können wir gern heute zwei andere Isländer zum Ausreiten nehmen. Oder er gibt uns noch eine Reitstunde.“

Ich schüttelte den Kopf. Schließlich hatte ich gestern Abend, kurz vorm Einschlafen, noch einen Entschluss gefasst.

„Nein, das ist bestimmt nicht nötig. Ich hab mir auch überlegt, dass ich es heute noch mal mit Blossi versuchen möchte. Wir brauchen keinen Pferdetausch zu machen. So oder so nicht.“

Bisher bin ich schließlich noch mit jedem Pferd klargekommen, fügte ich in Gedanken hinzu. Und die Schulpferde zu Hause auf dem Kronsberghof konnten manchmal auch ziemlich störrisch sein.

„Okay, meinetwegen“, sagte Julie gedehnt. „Ich reite gern wieder auf Fjandi – jetzt wo das mit unserer ‚Telefonverbindung‘ so richtig gut klappt –, und unterwegs können wir ja dann immer noch tauschen, wenn du magst.“

Ich nickte und damit war die Sache abgemacht.

9. Kapitel

Blossi scharrte vorsichtig mit einem Vorderhuf über den Schnee, als wollte er ihn schon wieder untersuchen. Energisch drückte ich ihm die Hacken in die Seiten.

„Komm schon, Kleiner. Keine Angst!"

„Am besten wird es sein", sagte Janne mit Blick auf Blossi, „wenn ihr runter zum Wasser reitet. Bis um zwölf ist Ebbe und das Watt ist hundertprozentig schneefrei. Oder soll ich euch heute besser einmal begleiten?"

Julie verneinte.

Ich kämpfte weiter mit Blossi. Heute wollte ich es unbedingt schaffen.

„Eigentlich bieten wir ja sowieso nur geführte Ausritte an", redete Janne nachdenklich weiter. „Aber weil Ben meinte, ihr beiden seid erfahrene Pferdemädchen, habe ich gedacht ..."

Was sie gedacht hatte, ließ sie offen. Aber ich ahnte, dass sie ernsthaft erwog, diese fantastische Ausnahme schnellstens wieder rückgängig zu machen und uns Reitverbot zu erteilen.

Mist! Mist! Mist! Und das nur, weil dieser kleine, dickköpfige Isländer meinte, unter dem Schnee würden sich gruselige Monster verbergen oder so.

„Okay", gab ich mich schließlich geschlagen. „Dann tauschen wir halt die Pferde."

Ich hatte es nicht mal ganz ausgesprochen, da war Julie schon von Fjandis Rücken gesprungen und stand neben Blossi und mir.

„Einen Versuch ist es wert", sagte sie und nickte mir aufmunternd zu.

Tatsächlich ging Blossi artig vorwärts, kaum dass Julie in seinem Sattel saß und die Zügel aufgenommen hatte. Ich wusste nicht so recht, ob ich mich darüber freuen oder total geknickt sein sollte.

Doch Janne war nun wieder beruhigt und das war die Hauptsache.

„Okay, das scheint ja jetzt zu klappen", sagte sie und lächelte uns erleichtert an. „Einen schönen Ausritt, ihr zwei!"

Und genau den hatten wir auch. Fjandi war ein echter Traumisländer, und Blossi ging unter Julies Führung so artig und willig dahin, als ob es die kleinen Auseinandersetzungen zwischen ihm und mir überhaupt nie gegeben hätte.

Julie meinte, manchmal stimme einfach die Chemie zwischen Pferd und Reiter nicht.

Je länger ich darüber nachdachte, desto plausibler kam mir ihre Erklärung vor. Schließlich gab es auch Menschen, mit denen ich kein bisschen klarkam: zum Beispiel mit meinem Mathelehrer Herrn Gustel.

Als wir den Strand erreicht hatten, fielen sämtliche komischen Gedanken und Empfindungen schlagartig von mir ab.

Vergessen waren Kopf- und Gliederschmerzen. Vergessen die leichte Eifersucht darauf, dass Blossi sich unter Julie als bravster Isländer der Welt zeigte, während ich kein bisschen mit ihm zurechtgekommen war.

Vor uns lag das Watt – endlos –, darüber ein wilder Himmel und ganz weit hinten war das Meer zu sehen. Nicht größer als eine Pfütze, in der winzig kleine Schiffe herumschipperten.

„Ist das traumhaft schön", schwärmte ich.

„So weit und endlos", stimmt Julie mir zu. „Man hat das Gefühl, als ob das Wasser und der Himmel aus einem Guss wären."

Besser hätte ich es nicht ausdrücken können.

„Wollen wir ein bisschen traben?"

„Ja, endlich tölten", rief ich begeistert.

„Aber dann müssen wir ein Stückchen ins Watt reiten. Der Sand am Strand ist zu hart gefroren."

Eigentlich hatten wir Mama und Papa hoch und heilig versprochen, nicht ins Watt zu reiten. Strand ja, Watt nein! Aber ein paar winzige Meter waren bestimmt nicht gefährlich. Außerdem hatte Janne es uns vorhin selbst vorgeschlagen. Na ja, im weitesten Sinne.

„Guck mal, dahinten sind Leute im Watt", sagte Julie. „Wir müssen eben nur aufpassen, dass wir immer schön vor denen bleiben. Dann kann überhaupt nichts passieren."

Guter Plan, fand ich und drückte meine Waden ganz fest gegen Fjandis Seiten.

Augenblicklich trabte er an, und noch einen winzigen Moment später kam es mir vor, als würde ich schweben.

„Er töltet", rief ich begeistert. „Das ist der absolute Hammer, Julie, ich tölte."

Wow, was für ein Erlebnis. Das übertraf meine Erwartungen um Längen.

Julie war hinter mir. Ich hörte sie kichern und jubeln zugleich.

„Das ist sogar der absolute Oberkracherhammer, Fritzi. Wie Schweben und es kribbelt überall im Magen, weil man das Gefühl hat, den Boden gar nicht mehr zu berühren. Irre, total irre. So etwas habe ich noch niiie erlebt."

Keine Ahnung, wie lange wir durchs Watt tölteten. Ich hatte jegliches Gefühl für Zeit und Raum um mich herum verloren, so himmlisch gut fühlte ich mich. Ewig hätte ich so weiterreiten können. Tausend Jahre oder noch länger. Doch irgendwann stellte Julie fest, dass die Leute, die vorhin noch ganz hinten im Watt unterwegs gewesen waren, verschwunden waren.

„Halt mal, Fritzi! Wo sind denn die Wattwanderer hin?"

Erst jetzt, als Julie und ich atemlos nach den Wanderern Ausschau hielten, spürte ich die Kälte wieder. Und meine Erkältung. Hier draußen im Watt pfiff der Wind noch erbarmungsloser als an Land. Innerhalb von wenigen Sekunden überfiel mich von den Zehen bis zur Nasenspitze ein eisiger Schauer.

„Lass uns lieber umdrehen“, bat ich meine Freundin mit klappernden Zähnen.

„Ja“, sagte Julie nickend. „So schön, wie es hier draußen ist, im Moment träume ich nur noch von warmem Kakao und einer kuscheligen Decke.“

Also traten wir den Rückweg an. Zumindest dachten wir das. Doch nach wenigen Metern stellte Julie fest: „Irgendwie sind wir jetzt wohl im Kreis geritten.“

Ich drehte mich im Sattel nach allen Seiten um und entdeckte zu meiner großen Erleichterung die Wattwandergruppe wieder. „Guck mal, dahinten.“ Ich deu-

tete mit meinen halb erfrorenen Handschuhfingern in die Ferne.

Julie sagte erst einmal gar nichts, dann aber klang ihre Stimme reichlich besorgt. „Du, Fritzi, wenn das dieselben Leute sind, die wir vorhin gesehen haben, dann verstehe ich nicht, warum wir jetzt hinter denen sind?“

Verdammt, Julie hatte recht. Plötzlich befand sich die Gruppe links von uns und nicht mehr auf der rechten Wasserseite.

„Aber so weit sind wir doch überhaupt nicht Richtung Meer geritten!“, wunderte ich mich.

Ahnungslos zuckte Julie die Schultern. „Ist ja auch egal. Komm, am besten, wir reiten jetzt einfach zu denen rüber.“

Schlotternd vor Kälte, stimmte ich Julies Vorschlag zu. „Mir ist alles egal, Hauptsache, wir kommen so schnell wie möglich ins Warme.“

Doch sehr weit kamen wir nicht. Ohne ersichtlichen Grund scheute Blossi plötzlich. Julie, die darauf nicht vorbereitet gewesen war, rutschte auf seine linke Seite.

Verzweifelt versuchte sie, sich wieder zurück in den Sattel zu ziehen, doch so dick vermummt, wie sie war, wollte ihr das einfach nicht gelingen. Bevor ich ihr zur Hilfe kommen konnte, war sie schon von Blossi heruntergeplumpst.

Fluchend und schimpfend rappelte sie sich auf. „Kacke, jetzt bin ich nass bis auf die Unterwäsche."

Wie ein begossener, zitternder Pudel stand Julie da. Sie tat mir wirklich leid. Sogar ganz schrecklich. Trotzdem musste ich lachen.

„O nein, Julie, ich will das gar nicht", gluckste ich. „Aber-aber ... ich kann nichts dagegen tun."

Erst sah Julie so aus, als ob sie mich erwürgen wollte. Doch dann begann auch ihre Unterlippe zu zucken und im nächsten Moment bogen wir uns vor Lachen. Was für ein Ausritt – ach was, was für ein Urlaub. Bisher hatte irgendwie nichts so richtig hingehauen.

Und es sollte noch schlimmer kommen: Als Julie sich wieder in Blossis Sattel schwingen wollte, meinte der kleine Isländer, sich erneut vor irgendetwas furchtbar erschrecken zu müssen. Er machte einen Satz zur Seite und entriss Julie die Zügel.

„Hooo", versuchte Julie ihn zu beruhigen. „Bleib ganz ruhig, Kleiner."

Doch es nützte nichts. Im nächsten Moment rannte Blossi im gestreckten Galopp davon. Nur mit größter Mühe konnte ich Fjandi davon abhalten, seinem Isländerkumpel hinterherzupreschen.

„Kacke! Kacke! Kacke! Das darf doch alles nicht wahr sein", fluchte Julie. „Und nun? Was machen wir nun?"

„Ihm hinterher", krächzte ich. „Bestimmt kennt er den Weg nach Hause."

„Hoffentlich“, knurrte Julie. „Das hoffe ich wirklich sehr!“

Ich rutschte von Fjandis Rücken, zog ihm die Zügel über den Kopf, hakte meine pitschnasse Freundin unter und dann machten wir uns gemeinsam auf den Weg ins Warme.

10. Kapitel

„Wo kommt denn jetzt plötzlich dieser Fluss her?"

„Priel", sagte Julie.

„Was?"

„Priel. Einen Fluss im Watt nennt man Priel."

„Ach so", brummte ich. „Jedenfalls müssen wir da durch."

Julie schüttelte den Kopf. „Nein, das ist viel zu gefährlich. Wer weiß, wie tief das Wasser ist."

Natürlich hatte Julie recht. Es war zu riskant, doch es gab nun mal keinen anderen Ausweg.

Unseren Blossi hatten wir längst aus den Augen verloren. Und von der Wattwandergruppe fehlte inzwischen auch jede Spur.

Das Einzige, das immer näher kam, war das Meer. Es drohte uns einzuholen. Einfach zu überschwemmen. Also mussten wir weiter, und zwar so schnell wie möglich.

„Julie, wir müssen es wagen."

„Nein!", rief Julie, schlug sich die Hände vors Gesicht und begann im nächsten Moment, bitterlich zu schluchzen.

„O nein, Julie ..."

Sofort war ich an ihrer Seite und legte den Arm um ihre zitternden Schultern. „Weine doch nicht, bitte, Julie, nicht weinen."

„Und wenn wir hier nun nicht mehr herausfinden?", schluchzte sie völlig verzweifelt und zog geräuschvoll die Nase hoch. „Das Wasser hat uns gleich eingeholt! Und dann? Was sollen wir bloß tun?"

„Wenn ich doch nur an mein Handy gedacht hätte", murmelte ich.

„Ich hab nicht mal eins", schniefte Julie – und begann noch heftiger zu weinen.

Das hatte ich damit natürlich nicht bezweckt. „Julie, bitte, beruhige dich doch", flehte ich sie an. Doch in mir rumorte dieselbe Verzweiflung und Angst. Unsere Situation kam mir immer auswegloser vor. Die

Flut war rasend schnell. Wir mussten weiter. Sofort. Jetzt!

„Julie, steig aufs Pferd, ich führe dich durch das Wasser."

„Nein! Ich will nicht. Ich will, dass Ben kommt und überhaupt ..." Julies Stimme kippte.

So hatte ich sie noch nie erlebt. Sonst war Julie immer die Forsche, diejenige, die vor nichts Angst hatte und eher handelte, als lange darüber nachzudenken, während ich noch das Für und Wider abwog.

Aber jetzt war alles ganz anders. Jetzt musste ich auf der Stelle handeln.

„Pass auf", redete ich mit sanfter Stimme auf sie ein. „Ich gehe vor, und wenn dieser kleine Fluss, oder von mir aus auch Priel, tatsächlich tief ist, dann suchen wir uns einen anderen Weg."

Natürlich war das Blödsinn, es gab keinen anderen Weg. Wir mussten da durch. Eine Alternative gab es nicht. Ich konnte das Meer hinter uns schon rauschen hören. Und das Geschrei der Möwen kam mir wie hungriges Aasgeier-Gekrächze vor. Aber irgendwie musste ich Julie doch beruhigen.

Schniefend nickte sie. „Aber nur ein paar Schritte, okay?"

Ich wagte es. Und tatsächlich sackte ich fast knietief ein. Das Wasser war bitterkalt. Wie Millionen kleiner Nadelstiche fühlte es sich auf meiner Haut an. Aber es wurde nicht tiefer.

„Siehst du", rief ich Julie zu, die wie zur Salzsäule erstarrt neben Fjandi stand. „Es ist zwar kalt, aber nicht zu tief. Also komm, versuch es."

„Ich kann nicht", wisperte Julie verzweifelt. „Ich

kann mich einfach nicht von der Stelle rühren." Im nächsten Moment wurde sie von einem Heulkrampf geschüttelt.

So schnell ich konnte, stapfte ich zu ihr zurück und nahm sie in den Arm.

„Julie, bitte, du musst dich jetzt zusammenreißen. Steig jetzt auf Fjandi. Wir müssen weiter. Hörst du, wir müssen weg!"

Doch Julie konnte sich einfach nicht beruhigen. Also packte ich sie bei den Schultern und schüttelte sie ein wenig.

Als auch das keine Wirkung zeigte, rüttelte ich sie richtig durch, sodass ihr Kopf heftig vor und zurück wackelte.

Das half!

„Aua, Fritzi, was soll das denn?!" Julie massierte sich den Nacken, aber sie schien wieder zu sich zu kommen.

„Tut mir leid, aber es hilft alles nichts! Du musst jetzt sofort aufs Pferd steigen, Julie!"

Meine Freundin starrte mich zwar fassungslos an, aber sie gehorchte zum Glück.

„Gut so“, krächzte ich, nahm Fjandis Zügel und führte ihn durchs Wasser.

Schritt für Schritt. Das Wasser war so eisig kalt, dass ich meine Füße und Waden überhaupt nicht mehr spürte. Es war ein Wunder, dass sie mir nicht einfach wegsackten. Aber womöglich waren sie dafür zu steif gefroren.

Ich sah mich nicht um und blickte auch nicht richtig nach vorn. Ich stampfte wie mechanisch einfach nur immer weiter durchs Wasser, während mein Herz wie eine hyperaktive Trommel ganz weit oben in meinem Hals schlug.

Zum Glück folgte Fjandi mir artig. Ihn mit Gewalt hinter mir herziehen zu müssen, dafür hätte meine Kraft bestimmt nicht ausgereicht.

Doch irgendwann musste ich aufschauen, weil Julie panisch zu kreischen anfing: „Fritzi, schnell! Wir müssen laufen. Schnell!“

Direkt hinter uns war das Wasser im Priel zu einem reißenden Fluss geworden.

„Hölle“, keuchte ich. „Hier kommen wir nie wieder raus!“

Im nächsten Moment war Julie von Fjandis Rücken gesprungen. Mit wenigen Handgriffen hatte sie den Gurt gelöst und schob den Sattel seitlich von seinem Rücken.

Das Wasser spritzte hoch, als er mit einem Klatsch darin landete.

„Was machst du denn da?", rief ich fassungslos. War meine Freundin nun endgültig hysterisch geworden?

Doch das Gegenteil war der Fall: Julie hatte sich endlich wieder gefangen.

„Der Sattel ist egal. Los, ich helfe dir auf seinen Rücken. Fjandi ist schneller als wir."

Ich verstand sofort, was sie vorhatte, ließ mir von ihr aufs Pferd helfen und zog dann mit aller Kraft an ihrer Jacke, als sie versuchte, hinter mir auf Fjandis Rücken zu kommen.

Kaum saßen wir einigermaßen, presste ich dem Isländer die Hacken in die Seiten und im nächsten Moment preschte er auch schon im gestreckten Galopp durchs Wasser.

Ich lehnte mich weit nach vorn, meine erfrorenen Handschuhfinger fest in Fjandis Mähne gekrallt, während Julie nach Halt suchend beide Arme um mich geschlungen hatte.

Ein paar Mal drohten wir seitlich von dem Isländer herunterzurutschen, doch es gelang uns immer wieder, uns zu fangen.

Irgendwann hatten wir es fast geschafft, dem reißenden Prielwasser zu entkommen.

Irgendwann kam es mir so vor, als ob der rettende Strand nur noch ein paar Galoppsprünge entfernt von uns lag.

„Wir haben es geschafft", jubelte ich mit letzter Kraft. „Julie, wir haben es tatsächlich gleich geschafft."

Im nächsten Moment tat sich der Boden unter uns auf und mit einem lauten Platsch landeten wir im Wasser.

11. Kapitel

Das Schlimmste war: Meine Gedanken waren glasklar, und ich war fest davon überzeugt, dass wir keine Chance hatten. Das Wasser würde uns einfach verschlucken.

Meine beste Freundin Julie und ich drohten zusammen in der eiskalten Nordsee zu ertrinken. Doch ich verspürte keine Angst. Mir kam es fast so vor, als ob ich einen dramatischen Film schauen würde. Dass Julie und ich die Hauptfiguren waren, kapierte ich zwar, aber es versetzte mich nicht großartig in Panik.

„Hiiilfe!", kreischte Julie. „Hiiiilfe!"

Noch konnten wir uns an Fjandis dicker Mähne festkrallen. Julie war auf seiner linken Seite, ich hing rechts an ihm.

Der kleine Isländer war ein echter Kämpfer. Er

strampelte durchs Wasser, er wollte nicht aufgeben, obwohl er uns mit sich ziehen musste.

„Fritzi!“, keuchte Julie. „Du musst mitschwimmen, hörst du, beweg deine Beine, allein schafft er das nicht mehr lange.“

Natürlich hörte ich Julies Worte. Und dass ich irgendetwas unternehmen musste, war mir auch klar. Doch ich spürte meinen Körper nicht mehr. Und meine Finger, verdammt, ich konnte einfach nicht verhindern, dass sie sich aus Fjandis Mähne lösten. Schon rutschen sie ab und ich war machtlos. Ich konnte es einfach nur geschehen lassen.

Im nächsten Moment schluckte ich jede Menge Salzwasser und hörte Julie wie in weiter, weiter Ferne nach Ben rufen.

„Ben! Ben! Hier sind wir! Ben! Schnell! Ben …“

Dumme Julie, dachte ich. Ben liegt doch mit einer dicken Erkältung im Bett. Und dann dachte ich noch, dass ich jetzt auch richtig gern im warmen, kuscheligen Bett liegen würde. In meinen Ohren rauschte es und Luft hatte ich auch keine mehr in den Lungen. Um mich herum drehte sich alles.

Trotz des Wassers in meinem Gesicht spürte ich Tränen in meinen Augen brennen. Ich schluchzte, schluckte noch mehr Salzwasser, hustete. Das Schwindelgefühl breitete sich in meinem ganzen Körper aus. Und plötzlich hatte ich Angst.

Plötzlich wurde mir bewusst, dass ich das tatsächlich war, die da zu ertrinken drohte. Im eisigen Meer. Zusammen mit meiner besten Freundin Julie und dem tapferen Isländer, der wirklich alles versucht hatte, um uns zu retten.

Mein Körper wurde immer schwerer. Und schwerer und dann waren da Stimmen. Wie aus weiter Ferne versuchten sie, zu mir vorzudringen. Aber ich konnte mich noch so anstrengen, ich verstand nicht, was sie sagten.

Ich kann euch nicht verstehen, wollte ich rufen. Doch kein Laut kam über meine Lippen.

Das Letzte, was ich sah, war Ben. Er kam angerannt – weit in der Ferne. Oder war er schon ganz nah? Ich konnte es nicht wirklich erfassen. Alles war irgendwie … schummrig, bis es schwarz um mich herum wurde.

Irgendjemand packte mich am Kragen. Ganz schön brutal. Mann, was soll das denn? Ihr erwürgt mich ja. Aua, lass los, wollte ich rufen. Aber ich konnte diese dusselige dicke Watteschicht einfach nicht durchdringen.

„Fritzi! Bitte, Fritzi, sag doch etwas. Friiitziii …"

Eine Hand strich mir über den Kopf. Blinzelnd öffnete ich die Augen. Sommersprossen, ein paar helle Augen und ein unendlich erleichtertes Lächeln.

„Oh Fritzi, Schnecke, zum Glück, du lebst noch …", schluchzte die Stimme. „Alles wird wieder gut. Hab keine Angst."

Hab ich doch gar nicht, dachte ich, dann wurde es wieder finster.

12. Kapitel

Als ich die Augen wieder öffnete, sah ich erst einmal nur einen breiten Rücken.

Ich stöhnte leise und der Rücken verschwand. Dafür war jetzt Papas Gesicht über mir. Seine Haut war kalkweiß, die Augen feuerrot und schlimm verquollen. So als ob er mal wieder zu lange in seiner Zahnarztpraxis gewesen wäre.

„Papa?“, flüsterte ich. „Hast du wieder zu viel gearbeitet?“

Im nächsten Moment tauchte auch Mamas Gesicht über mir auf. Es war ähnlich blass wie Papas und ich sah Tränen in ihren Augen glitzern.

„Fritzi, Mäuschen, da bist du ja wieder.“

Sie schluchzte, schlug sich die Hände vors Gesicht und weinte bitterlich.

„Warum weinst du denn, Mama?“, fragte ich.

Statt eine Antwort zu geben, brach sie noch heftiger in Tränen aus.

„Ihr habt uns einen ganz schönen Schrecken eingejagt.“ Das war wieder Papas Stimme.

„Warum?“

Mehr sagte ich nicht – auch wenn mir so allmählich wieder einfiel, was geschehen war. Aber vielleicht hatte ich das alles auch nur geträumt?

„Warum?“, fragte Papa. „Weil ihr beide fast ertrunken wäret.“

„Fast? Wir? Das heißt …“

„Fritzi, Schnecke“, erklang es direkt neben mir. „Hopp, hopp, jetzt werde mal wach und freu dich, dass Ben uns im letzten Moment gerettet hat.“

Ich blickte nach links. Julie lag neben mir – im Bett. Endlich kapierte ich es.

Das war überhaupt kein Traum gewesen. Meine beste Freundin und ich wären tatsächlich fast in der eisigen Nordsee ertrunken.

„Was-wo-was ist mit Fjandi?“

„Dem geht es gut. Janne hat gesagt, dass er heute

eine Extra-Portion Hafer bekommt. Schließlich hat er uns gerettet." Julie lächelte nachdenklich. „Blossi übrigens auch, immerhin hat er Hilfe geholt."

„Echt?"

Julie nickte und knuffte mir dann grinsend in die Seite.

Überhaupt war Julie schon wieder richtig gut drauf, während ich nun allmählich kapierte, dass wir nur um Haaresbreite mit dem Leben davongekommen waren. Doch als ich ihr in die Augen blickte, erkannte ich, dass es in ihr drinnen noch genauso entsetzlich wütete wie in mir.

„Da haben wir echt Glück gehabt", flüsterte sie mir leise zu und drückte meine Hand.

Ich nickte und dann fielen mir erst mal wieder die Augen zu.

Später saßen die Erwachsenen am Tisch, während Julie und ich uns auf dem Sofa eingerichtet hatten. Dick eingemummelt, mit dampfenden Kakaotassen in den Händen.

Mama hatte heute Morgen fünf verschiedene Kuchen für Bens Geburtstag gebacken. Einer sah besser aus als der andere.

Am liebsten hätte ich von jedem mindestens zwei Stückchen gegessen. Doch leider bekam ich gar nichts runter. Mein Hals brannte, als ob ich glühende Kohlen verschluckt hätte.

Julie schien es nicht viel besser zu gehen.

„Die Kuchen sehen sooo lecker aus", jammerte sie, „aber mein Hals …"

Doch auch Ben schien seinen Geburtstagskaffee nicht so richtig genießen zu können. „Ich mache mir solche Vorwürfe", murmelte er gerade und stocherte lustlos auf seinem Teller herum. „Wenn ich Janne nicht gebeten hätte, euch allein ausreiten zu lassen, dann …"

„Ach, Ben-Papi", fiel Julie ihm ins Wort und brachte ein schiefes Grinsen zustande. „Es ist doch alles gut ausgegangen und nichts passiert."

„Nichts passiert?!", rief Mama mit schriller Stimme. „Ihr seid fast ertrunken."

„Sind wir aber nicht", sagte Julie. „Ben hat uns gerettet – und die beiden tollsten Isländer der Welt."

Die restlichen drei Tage auf dem Isländerhof verbrachten Julie und ich mit einer dicken Erkältung auf dem Sofa. Ich wusste nicht, wen von uns beiden es schlimmer erwischt hatte, wir husteten und niesten um die Wette, während der Berg von gebrauchten Taschentüchern wuchs und wuchs.

„Was für eine Pleite", schniefte Julie. Ich konnte ihr gerade noch nickend zustimmen, bevor ich wieder niesen musste.

Mindestens zum tausendsten Mal.

„Ich würde ja zu gern noch mal reiten, bevor wir abreisen", sagte ich leise zu Julie.

Mama durfte das nämlich auf gar keinen Fall hören. Sie hatte schon mehr als deutlich erklärt, dass wir bis zur Abreise morgen Mittag die Ferienwohnung nicht mehr verlassen durften.

„Du kennst ja die Reiterweisheit: Wenn man runterfliegt, muss man direkt wieder aufsteigen. Sonst traut man sich nie wieder", sagte Julie.

Wir waren zwar nicht wirklich runtergeflogen, sondern Fjandi war mit uns ins tiefe Wasser gefallen und wir deshalb von ihm heruntergerutscht, aber es war eine ähnlich schlimme Erfahrung gewesen – ach was: eine viel schlimmere!

Und die galt es zu überwinden.

Ich grinste. „Du meinst, wir sollten es wagen?"

Julie nickte heftig mit dem Kopf. „Wir müssen ja nicht gleich ausreiten. Aber so ein paar Runden auf dem Paddock …"

„Ohne Sattel …", ergänzte ich.

Julies Augen funkelten begeistert. „Außerdem müssen wir uns noch bei Blossi und Fjandi bedanken. Okay?"

„Okay!"

Mama ließ sich tatsächlich überreden, dass Julie und ich den beiden Isländern dick eingepackt ein paar Äpfel und Möhren bringen durften.

„Aber nicht länger als eine halbe Stunde", ermahnte sie uns. „Ihr könnt froh sein, dass ihr keine Lungenentzündung habt."

Also machten wir uns auf den Weg zu unseren beiden Lieblings-Isis, die uns mit einem freundlichen Wiehern begrüßten.

Ich lief zunächst zu Fjandi und schlang ihm die Arme um den Hals.

„Hey, du tapferer Kerl!", flüsterte ich dem treuen Isländer zu. „Ich weiß gar nicht, wie ich dir danken soll. Wirklich!" Plötzlich spürte ich einen Kloß im Hals, der noch dicker wurde, als Blossi angetrottet kam und mir mit der Nase vorsichtig gegen den Rücken stupste. Unsere beiden Lebensretter!

Doch da hörte ich Julie hinter mir kichern. „Hey,

Fritzi, der Blossi frisst dir gleich die Äpfel direkt aus der Jackentasche weg, wenn du nicht aufpasst."

Da musste ich auch lachen, und plötzlich war das schwere Gefühl verschwunden, und ich war nur noch froh, jetzt und hier bei den Isis auf dem Paddock zu stehen.

Eine Weile lang verfütterten wir die mitgebrachten Möhren und Äpfel an die Isis und klopften dankbar Pferdehälse, bis Julie schließlich meinte: „Wollen wir, Fritzi?"

Ich blinzelte ihr verschwörerisch zu. „Du meinst, einfach so, ohne Trense und Sattel? Und was ist, wenn

Janne oder Lordi uns erwischen? Mama wird garantiert ausflippen."

Doch Julie winkte ab. „Die sind vorhin aufs Festland gefahren. Das habe ich mitgekriegt, als Ben kurz da war."

„Okay", sagte ich gedehnt. „Also ein paar Runden auf dem Paddock?"

Julie nickte, rannte rüber zur Sattelkammer und kam gleich darauf mit Blossis und Fjandis Trensen zurück. „Wir trensen sie auf und reiten ein paar Runden im Schritt."

Doch nur im Kreis auf dem Paddock herumzureiten war irgendwie nicht die Herausforderung, die es nach einem solchen Erlebnis brauchte – um wieder Mut zu fassen und Sicherheit zu gewinnen, fand Julie. Und damit hatte sie schon recht!

Also sprang Julie nach kurzer Zeit von Fjandis Rücken, öffnete das Gatter und führte erst Fjandi auf den Hof und ließ anschließend Blossi und mich raus.

Mein Herz klopfte wie wild in meiner Brust. Wir hatten es Mama hoch und heilig versprochen – keine Ausritte mehr!

Aber irgendwie merkte ich auch, dass das jetzt wichtig war. Viel wichtiger als alles andere.

„Wohin wollen wir reiten?“, fragte ich, obwohl ich Julies Antwort schon kannte.

„Runter zum Strand natürlich. Es ist gerade Flut“, sagte sie. „Oder möchtest du nicht?“

Ich schüttelte den Kopf. „Und wie ich möchte.“

Also ritten wir Seite an Seite runter zum Strand.

Der Wind fegte uns unter die Reitkappen, die Julie heimlich aus der Ferienwohnung geschmuggelt hatte. Irgendwo in der Ferne kreischten die Möwen. Es war so unbeschreiblich schön, ich hätte vor lauter Glück mit ihnen um die Wette schreien können.

„Wollen wir traben?“, fragte Julie.

„Tölten!“, rief ich zurück. „Immer schön am Meer entlang. Aber diesmal richtig auf dem Strand.“

Und da war es wieder: dieses irre Gefühl zu fliegen, gleich abzuheben!

Wir tölteten uns all unsere Ängste weg. Wenn man runterfällt, dann muss man schnell wieder aufsteigen oder noch besser mit seiner allerbesten Pferdefreundin am Meer entlangtraben.

„Yiiiieha, das ist der grandioseste Ausritt meines Lebens", rief Julie ausgelassen in den Wind. Meine verrückte und so liebenswerte Julie. Wie recht sie doch hatte. Und wie froh ich mal wieder war, sie zur Freundin zu haben.

Was für ein riesiges Pferdefreundinnenglück!

„Über den endlosen Strand tölten – welcher Islandpferdereiter träumt nicht davon?“

So verlockend klingt der Slogan des Isländerhofes auf der Nordseeinsel Spiekeroog, den sich die Autorin Lucie May für diesen Fritzi-Band als Vorlage ausgesucht hat.

Und tatsächlich, bei ihrem Besuch konnte nicht nur die wunderbar robuste Pferderasse das Herz der Autorin im Sturm erobern, auch die schöne „wilde“ Nordseeinsel Spiekeroog hat sie sehr begeistert – genau wie Fritzi und Julie im Buch.

Die Weite, der Himmel, der Wind, das Meer, die Gezeiten und natürlich die Pferde auf den schier endlos erscheinenden Koppeln – man hat das Gefühl, dass die Tiere hier wirklich noch so leben, wie sie es sich womöglich auch aussuchen würden, wenn sie die Wahl hätten: frei!

Fritzi Pferdeglück

Aufregung auf dem Haflingerhof

1. Kapitel

Manchmal ist das Leben wie Zuckerwatte – erst süß und lecker und macht dich total glücklich, doch dann kleben dir die Finger, und wenn du zu viel davon verdrückt hast, schmerzt dir auch noch der Bauch ganz gruselig.

Ähnlich erging es mir an diesem Tag.

„Gerade habe ich mit Julie telefoniert", trällerte ich, während ich freudestrahlend in die Küche tänzelte.

Mama grinste. „Das war nicht zu überhören."

„Wie meinst du das?"

Mama grinste noch breiter. „Na ja, jedes zweite gekicherte Wort hatte irgendetwas mit Pferden zu tun. Und da du vorhin erst von der Reitstunde wiedergekommen bist und dich dort mit Chiara schon ausgequatscht haben solltest, kann es sich nur um Julie gehandelt haben, mit der du da fast zwei Stunden geredet hast."

Okay, wo sie recht hatte, hatte sie recht. Mit niemand sonst konnte ich so wunderbar und vor allem sooo lange über Pferde quatschen wie mit meiner besten Freundin Julie.

„Aber das ging auch nicht anders, Mama", erwiderte ich. „Schließlich hat mir Julie gerade erzählt, dass Ben ganz kurzfristig einen Job angenommen hat. In Traunstein auf einem echten Haflingergestüt! Dort soll er zwei junge Hengste anreiten, die demnächst verkauft werden. Und jetzt kommt das Allerbeste!" Ich kam richtig ins Schnaufen und Mama musste schmunzeln.

„Nicht das Atmen vergessen, Fritzi!"

„Ja, ja, aber hör doch mal: Julie und ich dürfen Ben auf den Haflingerhof begleiten!"

Mama sah mich überrascht an. „Aber du hattest dich doch gefreut, endlich mal wieder eine längere Zeit mit Ben und Julie auf der Eagle-Free-Ranch zu verbringen", wandte sie ein.

Ich nickte. „Das stimmt. Doch Pepper kommt auch

mit. Und schließlich kann ich den kleinen Mann nicht allein auf seine allererste Reise gehen lassen."

Pepper war mein absolutes Lieblingspferd auf der Ranch von Julies Papa Ben. Ich hatte den Kleinen nach seiner Geburt mit der Flasche aufgepäppelt und dann sogar seinen Namen aussuchen dürfen.

Wahrscheinlich sah Mama deswegen plötzlich so betroffen aus. „Dein Pepper? Warum das denn? Hat Ben ihn etwa verkauft?"

Nun schüttelte ich den Kopf. „Quatsch. Ben hat mir

versprochen, ihn niemals zu verkaufen. Pepper und Sandrino sollen ein Jahr lang auf die Hochweide gehen. Pepper ist ja noch immer etwas klein und zart, und Ben meinte, die gute Luft und vor allem das saftige Weideland würden ihm guttun. Und da er und Sandrino die besten Kumpels sind, kommt der ebenfalls mit."

„Dann ist ja alles gut", fand Mama und bis zu diesem Augenblick stimmte das auch.

Doch als Papa um sieben nach Hause kam und Mama mich zum Abendessen in die Küche rief, nahm das Drama seinen Lauf.

Freudestrahlend setzte ich mich an den Tisch und erzählte Papa die tollen Neuigkeiten. Ich schwärmte ihm vom Fürstenhof vor, woraufhin Papa meinte, dass die Gegend, in die wir fahren würden, landschaftlich total schön sein sollte.

„Ich beneide euch richtig", gab er zu.

„Wir könnten ja auch ein paar Tage in die Berge fahren", schlug Mama vor. „Ich hätte wirkl... Hiiiilfe", kreischte sie dann und war im nächsten Moment verschwunden.

Papa sprang sofort von seinem Stuhl auf. Ich natürlich auch. Mama hockte auf dem Parkettboden.

„Um Himmels willen, was machst du denn da unten?“, rief Papa entgeistert.

„Ich bin umgeknickt“, jammerte Mama.

„Du machst ja Sachen.“ Papa umfasste von hinten ihre Oberarme, um sie hochzuziehen.

Doch Mama schrie ganz schrecklich auf: „Aua, verdammt, mein Knöchel …“

Sofort ließ Papa sie wieder auf den Boden zurücksinken.

„Welcher ist es denn?“, fragte er besorgt.

„Der linke“, wimmerte Mama mit schmerzverzogenem Gesicht.

Obwohl Papa Mamas Knöchel nur ganz vorsichtig abtastete, schrie sie sofort wieder auf.

Betroffen schüttelte Papa den Kopf. „Ich bin zwar kein Chirurg, aber ich fürchte, du hast dir den Knöchel gebrochen.“

„Unsinn“, wies Mama seine Diagnose zurück. „Ich bin einfach nur umgeknickt, der ist im schlimmsten Fall leicht verstaucht.“

Papa schüttelte erneut den Kopf. „Tut mir leid, Schatz, ich bin anderer Meinung", erklärte er und strich ihr tröstend über den Rücken. „So oder so musst du zum Arzt."

„Es ist gleich halb acht Uhr", knurrte Mama. „Die haben längst alle zu."

Papa nickte. „Darum fahren wir jetzt auch direkt in die Unfallchirurgie des Johannisstiftes."

Bevor Mama so richtig wusste, was geschah, hatte Papa sie umfasst und auf den Stuhl gehoben.

„Wo ist deine Versicherungskarte? In deinem Portemonnaie?"

Mama hatte wohl eingesehen, dass Weigern zwecklos war, und nickte.

„Und wo ist dein Portemonnaie?" Papa sprach mit Mama wie mit einem kleinen Kind.

„In meiner blauen Tasche. Sie muss irgendwo in meinem Büro sein", wisperte Mama.

„Fritzi, bitte sei so lieb und hol Mamas Tasche", forderte Papa mich auf.

Ich rannte sofort los. Heilfroh, irgendetwas tun zu können. Mama tat mir wirklich furchtbar leid.

Es dauerte einen Augenblick, bis ich die Handtasche endlich gefunden hatte. Kein Wunder, denn sie war halb hinters Regal gerutscht.

Als ich in die Küche zurückkam, waren Mama und Papa nicht mehr da. Ich wollte gerade nachsehen, ob sie schon draußen am Auto waren, da fiel mein Blick auf etwas Grünes am Fußboden. Ich bückte mich, pulte ein kleines Stückchen Salatgurkenschale vom Parkettboden und rannte damit vors Haus.

Mama hockte schon auf dem Rücksitz des Autos. Ihre Beine ruhten angewinkelt auf dem Polster. Papa war gerade im Begriff, sich hinters Steuer zu setzen.

„Guck mal, Papa, was ich am Küchenboden gefunden habe“, sagte ich und hielt Papa die grüne, glitschige Schale unter die Nase. „Darauf ist Mama bestimmt ausgerutscht.“

Papa zuckte die Schultern. „Mag sein. Hast du Mamas Tasche?“

Ich nickte und reichte sie ihm.

„Okay, Fritzi, ich fahre jetzt mit Mama in die Unfallchirurgie.“

„Kann ich nicht mitkommen?“, rief ich erschrocken. Ich konnte doch Mama jetzt unmöglich allein lassen.

Doch Papa schüttelte den Kopf. „Ich weiß nicht, wie lange das dauert. Manchmal ist dort die Hölle los und dann sitzt man schon mal ein, zwei Stunden da. Mir wäre es lieber, du bleibst hier und legst dich schlafen."

Schlafen. Als ob ich jetzt schlafen könnte! Doch Mama war derselben Meinung. Und so konnte ich nur mit hängenden Schultern dem davonfahrenden Auto nachschauen.

Hey, was soll das? Irgendjemand rüttelte an meiner Schulter. Frechheit. Dabei war ich gerade noch im gestreckten Galopp auf Pepper am Aue-Ufer entlanggaloppiert.

Okay, daran waren zwei Dinge echt komisch. Erstens war Pepper noch viel zu jung, um geritten zu werden. Zweitens war es recht unwahrscheinlich, dass mich bei diesem Tempo jemand an der Schulter packen konnte.

„Fritzi, Mäuschen, hey, aufwachen!" Das war Papas Stimme. Blinzelnd öffnete ich die Augen. Tatsächlich,

Papa lächelte mich an. „Warum liegst du denn auf dem Sofa? Ich hab doch gesagt, du sollst in dein Bett gehen."

„Was-was ist mit Mama?"

Papa setzte sich auf die Sofakante. Er fuhr sich mit beiden Händen durch die Haare. Auf seiner Stirn entdeckte ich eine dicke Sorgenfalte. Schlagartig stellten sich mir die Nackenhaare auf.

„Papa, wo ist Mama?", flüsterte ich ängstlich.

„Im Krankenhaus. Sie hat sich das Sprunggelenk gebrochen und wurde gerade daran operiert."

Jetzt war ich hellwach. „Operiert?!", rief ich entsetzt, während mir die Tränen in die Augen schossen. „Aber-aber …"

Papa legte mir beruhigend die Hand auf die Schulter. „Keine Sorge, alles ist gut verlaufen. Mama ist auch schon wieder aus der Narkose erwacht. Aber sie muss ein paar Tage im Krankenhaus bleiben."

„Oh nein, wie schrecklich." Jetzt konnte ich die Tränen nicht länger zurückhalten.

„Ich soll dich ganz lieb von ihr grüßen."

„Arme Mama", schluchzte ich.

Papa nahm mich in den Arm, und während ich vor mich hin schluchzte, strich er mir beruhigend über den Rücken.

Mama tat mir wirklich schrecklich leid. Aber da war noch etwas anderes, das tief in mir rumorte und für das ich mich wirklich schämte. Wenn Mama im Krankenhaus war, dann konnte ich unmöglich mit Julie und Ben nach Traunstein fahren. Und das wiederum tat mir mindestens so leid wie Mama.

2. Kapitel

Am Montag durfte Mama auf Krücken das Krankenhaus verlassen. In den letzten Tagen hatte sie mir mindestens tausendmal versichert, dass sie es kein bisschen doof fände, wenn ich mit Ben und Julie nach Traunstein führe. Trotz ihrer schlimmen Verletzung.

„Und wenn die beiden dich morgen früh abholen, dann will ich ein strahlendes Fritzi-Gesicht sehen", verlangte Mama augenzwinkernd von mir.

Ich nickte und murmelte: „Versprochen."

Doch als dann Bens Geländewagen samt Pferdeanhänger tatsächlich bei uns vorfuhr, da war mir ganz elend zumute. Ich freute mich zwar unfassbar, meine beste Freundin Julie und ihren Papa Ben wiederzusehen, aber das schlechte Gewissen rumorte heftig in meinem Magen.

Wie konnte ich eine schöne Zeit mit meiner Freundin verbringen, wenn Mama mit gebrochenem Knöchel zu Hause auf dem Sofa lag?!

Mama und Papa winkten uns zum Abschied zu, während ich vor lauter schlechtem Gewissen bittere Tränen auf dem Rücksitz verdrückte.

„Ach, Fritzi, Schnecke", versuchte Julie mich zu trösten. „Du kannst doch wirklich nichts dafür, dass deine Mama auf einer Gurkenschale ausgerutscht ist."

Ich zuckte die Schultern – und heulte weiter.

Erst als Ben das Gespann auf die Autobahnraststätte in Fulda lenkte, den Motor ausstellte, sich zu mir umdrehte und meinte: „Fritzi, wenn du jetzt nicht langsam aufhörst zu weinen, dann steht uns hier drinnen gleich das Wasser bis zum Kinn", musste ich lachen. Zwar noch immer mit feuchten Augen, aber es ging mir gleich viel besser.

„Ich weiß, ich bin schreeecklich", quiekte ich.

Julie nickte. „Bist du!"

Ben nickte. „Bist du!" Und dann lachten wir alle drei.

Pepper und Sandrino standen ganz artig auf dem Anhänger. Ich kletterte vorn durch die Tür und klopfte erst Sandrino, dann Pepper sanft den Hals.

„Sorry, kleiner Mann, dass ich dich erst jetzt begrüße, aber ich war vorher die ganze Zeit mit Heulen beschäftigt."

Pepper schnaufte leise, als hätte er mich verstanden und wollte mir versichern, dass das völlig okay sei.

„Fritzi, nimmst du bitte mal den Wassereimer entgegen?", bat mich Ben.

Die Pause hatte er nämlich nicht eingelegt, weil er tatsächlich Angst hatte, wir könnten im Tränenwasser ersaufen, sondern weil die beiden Jungs auf dem Anhänger trinken sollten. Schließlich standen sie jetzt schon seit fast vier Stunden auf dem Anhänger und hatten jede Menge Heu aus dem Netz gezupft. Das machte durstig.

„Klar doch", erwiderte ich und bückte mich zum Eimer. Vorsichtig hob ich ihn an und hielt ihn erst Sandrino unters Maul, und als der den Kopf abwandte, schließlich Pepper. Doch auch Pepper wollte nichts trinken.

„Okay, die scheinen sich nicht wohlzufühlen", seufzte Ben. „Dann müssen wir sie wohl doch abladen."

„Hier, mitten auf der Autobahnraststätte?", fragte Julie ungläubig. „Aber ist das nicht viel zu gefährlich? Ich meine, stell dir mal vor, die reißen sich los und galoppieren auf die Autobahn …"

„Julie, Julie." Ben schüttelte grinsend den Kopf. „Dass du auch immer gleich das Schlimmste befürchten musst."

Dann tauchte er wieder in der Anhängertür auf. „Traust du dir zu, Pepper abzuladen, Fritzi? Oder soll ich das übernehmen?"

Ich nickte. „Pepper und ich schaffen das", war ich mir sicher.

„Okay, dann lass ich jetzt die Klappe runter, und du sagst mir Bescheid, wenn du ihn vorn losgebunden hast."

„Und was ist mit Sandrino?", fragte Julie.

„Der kommt gleich danach an die Reihe. Zeitgleich können wir sie wohl kaum abladen."

Julie brummte irgendetwas Unverständliches. Aber begeistert klang es nicht. Sie machte sich scheinbar echt Sorgen, dass eines der beiden Jungpferde sich losreißen könnte.

Doch nichts dergleichen geschah. Pepper und Sandrino guckten zwar jedes Mal leicht verängstigt, wenn ein schwerer Lastwagen an uns vorbeirauschte, aber sie blieben entspannt.

Als wir eine halbe Stunde später unsere Reise nach Traunstein fortsetzten, war mir endlich etwas leichter ums Herz. Der Umgang mit den Pferden hatte bei mir mal wieder wahre Wunder gewirkt und sämtliche dunklen Kummerwolken zur Seite geschoben.

„Ich freue mich riesig auf die Haflinger", sagte ich leise zu Julie, als wir wieder nebeneinander auf dem Rücksitz saßen.

Julie nahm meine Hand, drückte sie und grinste mich breit an. „Und ich freue mich, dass es dir besser geht."

Ich erwiderte ihr Lächeln. „Na ja, ich kann euch beiden ja schlecht bis nach Traunstein die Ohren volljammern."

Julie nickte. „Stimmt. Das wäre echt anstrengend gewesen, Schnecke."

Die nächsten zwei Fahrstunden verbrachten wir damit, uns gegenseitig auf den neusten Stand zu bringen. Julie erzählte alles von ihrer zuckersüßen Stute Sunny und dass sie das verlängerte Wochenende in Staaken dafür genutzt hatte, ihr einige neue Kunststücke beizubringen. Ich wiederum berichtete Julie von den letzten Wochen auf dem Kronsberghof und meiner Donnerstags-Reitgruppe bei Nele und Mathis.

„Nele bekommt ja Ende Mai ihr Baby. Wir sind alle mächtig aufgeregt", berichtete ich meiner besten Freundin und fügte dann augenzwinkernd hinzu: „Wobei sie von mir aus gerne noch etwas länger schwanger sein könnte."

Erstaunt zog Julie die Augenbrauen hoch. „Ups, warum das denn?"

„Weil ich mich dann noch länger um ihre Stute Donna kümmern könnte." Ich grinste selig. „Es ist fast so, als wäre sie mein Pferd. Total schön ... hach, was würde ich bloß dafür geben, ein eigenes Pferd zu besitzen ..."

Julie knuffte mich gegen den Oberarm. „Aber du hast doch schon ein eigenes Pferd."

Ich schüttelte den Kopf. „Hä? Was redest du da? Und welches soll das bitte schön sein?"

Julie deutete mit dem Daumen über ihre Schulter nach hinten. „Klein Pepper ist doch *dein* Pferd. Schließlich hast du ihn dazu gebracht, aus der Flasche zu trinken. Und wenn man ein Pferd gerettet hat, dann gehört es einem auch."

Ich zeigte Julie einen Vogel. Das war mal wieder eine von Julies unbeschreiblichen Weisheiten, die sich zwar fantastisch anhörten, aber eben leider kein bisschen zutrafen.

„Ja, ja, und meine Mutter ist Ingrid Klimke."

Julie spielte die Beleidigte. „Wenn man etwas unbedingt will, dann findet man auch einen Weg und dann …" Weiter kam sie nicht. Im nächsten Moment wurden wir auf dem Rücksitz heftig hin und her geworfen, während Ben fluchte: „Verdammt!"

„Ben, Papi, was-was ist passiert?", krächzte Julie erschrocken.

Doch Ben antwortete nicht. Er hatte alle Hände voll zu tun, das schlenkernde Gespann einigermaßen sicher auf den Randstreifen zu lenken und zum Stehen zu bringen.

„Puh", keuchte er schließlich, „das war knapp."

„Was ist passiert?", wiederholte Julie.

Ben atmete tief durch, dann drehte er sich zu uns um. „Alles okay bei euch?"

Wir nickten und Julie fragte ein drittes Mal: „Was ist denn bloß passiert?"

„Ich schätze, ein Reifen ist geplatzt", erwiderte Ben.

„Auweia!", rief ich. „Und nun?"

Doch Ben antwortete mir nicht. Er drückte den Knopf für die Warnblinkanlage, blickte in den Außenspiegel und öffnete dann vorsichtig die Fahrertür. Bevor er das Auto verließ, wies er Julie und mich an, das Wageninnere auf gar keinen Fall zu verlassen.

„Aber …“, wollte Julie widersprechen.

„Nichts aber!“, gab Ben zurück. „Bis ich zurück bin, rührt ihr euch nicht von der Stelle.“

„Verdammt“, wisperte Julie, kaum dass Ben die Tür zugeschlagen hatte. „Wir können doch hier nicht einfach tatenlos herumsitzen und abwarten. Wir müssen doch wenigstens mal nach den beiden Jährlingen sehen. Ich meine, vielleicht haben sie einen Schock oder so? Hat ja schließlich ganz schön gerumpelt eben.“

Ich wollte gerade etwas erwidern, da wurde die Tür erneut geöffnet und Ben beugte sich ins Innere.

„Wie ich bereits vermutet habe, ist hinten der rechte Reifen geplatzt. Ich muss ihn wechseln. Steigt jetzt auf der rechten Seite aus und stellt euch hinter die Leitplanke. Ich baue eben noch das Warndreieck auf.“ Er reichte uns zwei orange Sicherheitswesten. „Die zieht ihr bitte über.“ Julie und ich nickten und taten, was Ben uns gesagt hatte. Mein Herz dröhnte wie verrückt, als wir über die Leitplanke kletterten.

„Hörst du, wie die beiden auf dem Anhänger scharren?“, sagte Julie mit milchschaumweißem Gesicht. „Sie werden unruhig, weil wir angehalten haben und sie nicht abladen. Das verstehen sie nicht.“

„Sollen wir vielleicht doch mal nach ihnen sehen?“, schlug ich unsicher vor.

Julie zuckte die Schultern. „Womöglich müssen wir sie eh abladen. Ben kann ja wohl kaum den Reifen wechseln, wenn der Anhänger noch auf der Kupplung hängt.“

„Du meinst, wir müssen sie abladen?“ Die Vorstellung, mit den beiden Jährlingen am Halfter auf dem Standstreifen zu stehen, während die Autos im Höllentempo quasi direkt an uns vorbeirauschten, jagte mir einen eisigen Schauer über den Rücken.

Erneut zuckte Julie die Schultern. „Wie soll es sonst funktionieren?!“

Ich wusste es auch nicht. Und so standen wir einfach nur da, mit schweißnassen Händen und einem schrecklich beklemmenden Gefühl in der Brust, bis Ben zurückkam. Wie wir trug er eine orangefarbene Sicherheitsweste.

„Nun guckt doch nicht so verschreckt.“ Ben grinste uns an. Aber ich kaufte ihm die Heiterkeit nicht ab. Dazu hatte seine Stimme zu belegt geklungen.

„Ich kuppele jetzt schnell den Anhänger ab, wechsele den Reifen und schon sind wir wieder unterwegs.“

„Sollen wir die Pferde abladen?“, fragte Julie mit dünner Stimme.

Ben winkte ab. „Nein, auf gar keinen Fall.“

Schon machte er sich daran, das Stützrad des Anhängers runterzukurbeln, und löste gleich darauf die

Deichsel von der Autokupplung. Nun ruhte das Gewicht des schweren Anhängers mitsamt den beiden Pferden vorn nur auf dem kleinen Rad, was auf mich nicht besonders vertrauenerweckend wirkte.

„Und wenn das Rad wegbricht?“, krächzte ich.

Ben schüttelte den Kopf. „Keine Sorge, das hält.“

Er öffnete den Kofferraum, holte das Ersatzrad und den Wagenheber heraus und machte sich dann an die Arbeit.

Der Reifenwechsel ging Ben geschickt und sicher von der Hand, als ob er den ganzen Tag nichts anderes machen würde. Im Handumdrehen war er fertig und kuppelte auch schon den Anhänger wieder an.

„Steigt ein“, bat er uns. „Ich hole nur noch schnell das Warndreieck.“

Ich folgte Julie, und als Ben einen kurzen Moment später ebenfalls wieder im Wageninneren Platz nahm, japste ich: „Puh, das war ja 'ne Aufregung.“ Erst jetzt bemerkte ich, dass ich total atemlos war. Offenbar hatte ich die ganze Zeit über unbewusst die Luft angehalten.

„Du sagst es“, keuchte Julie und ergriff meine Hand.

„Ist ja zum Glück nichts Schlimmes passiert", sagte Ben. „Die beiden Jungs auf dem Anhänger haben sich wirklich superartig verhalten, und dass einem bei einer Fahrt mal der Autoreifen platzt, damit muss man leider immer rechnen."

„Ist dir das schon öfters passiert?", wollte ich wissen. So geschickt, wie er eben den Reifen gewechselt hatte, lag das quasi auf der Hand.

Doch zu meiner Überraschung schüttelte Ben den Kopf. „Nein, das war eben sozusagen meine Reifenwechsel-Premiere."

„Na toll", brummte Julie. „Ich mag ja eigentlich Premieren, aber auf die hätte ich echt ganz gerne verzichtet."

Ben lachte. „Okay, jetzt kann ich es ja zugeben, ich auch. Darum werden wir auch bei der nächsten Abfahrt von der Autobahn runterfahren und nach einer Werkstatt suchen."

„Echt?", rief Julie. „Und warum?"

„Wir haben noch einige Kilometer Autobahn vor uns, und je weiter es Richtung Traunstein geht, desto bergiger wird die Strecke. Da möchte ich ungern das rechte Hinterrad verlieren, nur weil ich es nicht fest genug angezogen habe."

Okay, das war ein Argument, fand ich.

Es dauerte eine ganze Weile, bis wir endlich eine Werkstatt gefunden hatten. Der KFZ-Meister, ein ziemlich dünner Mann in grauer, ölverschmierter Latzhose, hatte jedoch an Bens Radwechselkünsten nichts auszusetzen.

„Sitz, wackelt und hat Luft", meinte er grienend, nachdem er sämtliche Schrauben überprüft hatte. „Damit können Sie getrost weiterfahren."

Ben ließ das geplatzte Rad noch mit irgendeinem Schaumzeug füllen, und nachdem er bezahlt und den Reifen im Kofferraum verstaut hatte, ging es endlich weiter.

„Das hat uns jetzt gut zwei Stunden gekostet", sagte Ben, als wir wieder auf die Autobahn fuhren. „Wenn jetzt noch ein Stau dazukommt, dann müssen wir irgendwo einen Zwischenstopp einlegen."

„Und wo?", wollte Julie wissen.

Ben zuckte die Schultern. „Tja, das werden wir dann überlegen, wenn wir in der Situation sind."

Keine Ahnung, ob es die Anspannung war, die jetzt bleischwer von mir abfiel, oder das monotone Fahrgeräusch: Während Julie und Ben sich den Kopf darüber zerbrachen, wo wir im ungünstigsten Fall mit den beiden Pferden übernachten könnten, schlief ich einfach ein.

3. Kapitel

„Hey, Schnecke, aufwachen!"

Wie von der Tarantel gestochen, schoss ich in die Höhe.

„Was-wie-wo sind wir?", krächzte ich verwirrt.

Julie lachte auf. „In Traunstein auf dem Haflingergestüt ‚Fürstenhof'."

„Was?", rief ich – nun vollends wach.

Ich blickte durch die Autoscheibe und dann blieb mir glatt die Luft weg.

„Wahnsinn", keuchte ich. „Ist das schön."

Obwohl es bereits dämmerte, erkannte ich die riesigen Berge und Wälder, von denen wir umgeben waren. Bestimmt befanden sie sich ein gutes Stück vom Hof entfernt, aber dennoch kam es mir so vor, als ob ich nur die Hand ausstrecken müsste, um sie zu berühren. Alles wirkte still, grandios – eben einfach nur wahnsinnig beeindruckend.

„Erde an Fritzi, Erde an Fritzi“, kicherte Julie und stupste mich an. „Willst du nicht endlich aussteigen?!“

„Was? Ähm … ja, klar doch …“, stotterte ich und rutschte vom Rücksitz.

„Wahnsinn!“, entfuhr es mir noch einmal.

Julie nickte. „Ben hat nicht übertrieben, es ist echt unbeschreiblich schön hier. Wobei …“

Julie stockte und verzog sonderbar den Mund.

„Was?“, fragte ich.

Julie seufzte. „Na ja, das sag ich aber nur dir, Fritzi, verpetz mich nicht, ja?!“

Hallo, als ob ich sie schon jemals verpetzt hätte. „Natürlich nicht“, rief ich leicht empört.

„Irgendwie finde ich diese hohen Berge um uns herum etwas … bedrohlich.“

„Echt?“

Julie nickte. „Ich mag es lieber, wenn ich ganz weit gucken kann. Wenn es flach ist, weißt du. So hohe Berge und Wälder engen mich irgendwie ein, verstehst du?!“

„Nicht wirklich“, gab ich offen zu, denn ich fand es hier einfach nur WAHNSINN!

„Bei den Isländern auf Langeoog, da hat es mir richtig gut gefallen“, redete Julie weiter.

Ich nickte. „Mir auch, aber hier finde ich es mindestens genauso schön.“

Julie rieb sich die Nase. „Muss mich wohl erst daran gewöhnen, dann bin ich bestimmt auch total happy hier.“

„Na, du Schlafmütze“, neckte Ben mich. Er kam aus einem der weißen Stallgebäude auf uns zugeschlen-

dert. „Ich dachte schon, du willst bei uns im Auto übernachten."

Ich schüttelte den Kopf. „Ich weiß auch nicht …" Ich brach ab und spürte – oh nein –, wie ich prompt rot anlief.

„Na ja, hier oben ist die Luft wesentlich dünner. Das macht ganz schön groggy", meinte Ben und lächelte.

„Ja, bestimmt lag es daran", murmelte ich verschämt.

„Kommt ihr dann bitte ins Haus! Frau Guggemoos hat das Abendessen fertig", forderte Ben uns auf.

Wie auf Kommando knurrte mein Magen. Kein Wunder, seit heute Morgen um sechs hatte ich nichts mehr gegessen.

„Aber sollten wir uns nicht erst mal um die Pferde kümmern?!", gab ich zu bedenken.

Ben und Julie lachten, und ich merkte, wie mir schon wieder das Blut in den Kopf schoss.

„Mein Güte, Fritzi, du hast ja wirklich fest geschlafen. Pepper und Sandrino stehen längst in der Box und haben getrunken und gefressen", klärte Ben mich auf.

Ich konnte es kaum glauben. So fest kann man doch gar nicht schlafen. „Echt?“, fragte ich kleinlaut. „Kann ich denn kurz nach ihnen gucken?“

Doch Ben schüttelte den Kopf. „Ich möchte die Guggemoos nicht noch länger mit dem Abendessen warten lassen“, erklärte er. „Seid also so lieb und kommt mit ins Haus.“

Während wir Ben hinterherschlappten, zischte Julie mir entschuldigend zu: „Ich hab wirklich versucht, dich bei unserer Ankunft zu wecken. Aber keine Chance, du hast geschlummert wie ein Murmeltier.“

Meine Güte, hoffentlich hatte ich nicht auch noch laut geschnarcht?!

Frau und Herr Guggemoos waren unheimlich nett und sehr gastfreundlich. Sie luden uns in ihren wunderschönen Wintergarten ein, wo der Tisch so voll gedeckt war, als würden sie zwanzig Gäste erwarten.

„Alles Produkte aus der Region“, erklärte Herr Guggemoos, nachdem er mich herzlich willkommen geheißen hatte. „Der Käse stammt vom Schankerl Franz, die Wurst vom Huber Schorsch. Das Brot hat die Resi natürlich selbst gebacken.“

„Und die Butter?“, wollte Julie wissen. „Die ist doch aber bestimmt aus dem Supermarkt?“

Typisch Julie! Ich musste grinsen.

Herr Guggemoos hingegen schüttelte entrüstet den Kopf. „Ja, bist af da Brennsuppn daheagschwomma?“

Julie bekam Murmelaugen. Natürlich hatte sie kein Wort verstanden. „Wie bitte?“

Bevor Herr Guggemoos etwas erwidern konnte, kam seine Frau in den Wintergarten und brachte uns Traubensaft – natürlich selbst gemacht und hundert Prozent Bio, erklärte Herr Guggemoos. Genauso wie die Butter.

„Die Resi macht die beste Kräuterbutter im ganzen Traunsteiner Land“, stellte Herr Guggemoos klar.

Der Käse schmeckte tatsächlich ganz anders. Das Brot ebenfalls. Viel intensiver und richtig, richtig lecker. Und der Traubensaft erst! Hmm, ich hätte die Karaffe allein leeren können, so köstlich war er.

Während wir reinhauten wie die Scheunendrescher, erzählte Herr Guggemoos von seiner Haflingerzucht. Dabei verfiel er immer wieder ins Urbayrische, was es Julie und mir echt schwer machte, ihm zu folgen.

Dennoch meinte ich mitbekommen zu haben, dass das Gestüt bereits seit den Fünfzigerjahren bestand und maßgeblich von dem Südtiroler Hengst Stanis geprägt worden war.

Besonders stolz war Herr Guggemoos auf seinen Staatshengst Nitendo, das sagte er mindestens fünfmal. Und natürlich auf die eigenen Fohlen, die auf den herrlichen Wiesen des Chiemgauer Voralpenlandes aufgezogen und schließlich als Zwei- bis Vierjährige an Pferdeliebhaber in ganz Deutschland verkauft wurden.

„Hier achten wir besonders darauf, dass Pferd und zukünftiger Besitzer zusammenpassen", berichtete Herr Guggemoos stolz.

„Unser Konzept lautet: ‚Wir züchten Pferde fürs Leben'", fügte Frau Guggemoos in astreinem Hochdeutsch hinzu.

„Wer ko, der ko", brummte Herr Guggemoos.

Seine Frau legte ihm die Hand auf den Unterarm und wandte sich dann an Ben. „Genau das ist unser Problem, den Sepp hat es schlimm im Rücken erwischt. Er kann sich unmöglich um die beiden

Junghengste kümmern. Dabei sind sie bereits verkauft. Wir haben den neuen Besitzern versprochen, dass sie bis zur Abholung in zwei Wochen angeritten sind."

Ben nickte. „Na ja, dafür bin ich ja nun hier."

Frau Guggemoos lächelte Ben dankbar an. „Darüber sind wir auch sehr, sehr froh."

Herr Guggemoos hingegen wirkte mit einem Mal gar nicht mehr so begeistert. Er brummte irgendetwas Unverständliches und biss dann mürrisch von seinem Schinkenbrot ab.

Die restliche Abendbrotzeit blieb er wortkarg und schlecht gelaunt.

Als Julie und ich etwas später endlich zu Pepper und Sandrino verschwinden konnten, erzählte ich Julie von meinem Eindruck.

„Ich glaube, der Herr Guggemoos ist gar nicht so glücklich darüber, dass Ben seine beiden Junghengste zureitet."

Julie rümpfte die Nase. „Ben hat erzählt, dass er halt so ein richtiger Urbayer sei."

Ich verstand nicht so recht. „Und was bedeutet das?"

Julie zuckte die Schultern. „Na ja, eigentlich will er die beiden Junghengste lieber selbst zureiten, so wie er es schon immer gemacht hat. Aber inzwischen ist er ein bisschen zu alt dafür und das nervt ihn wohl ziemlich. Ben ist ja auch nicht von ihm, sondern von seiner Frau engagiert worden."

„Aha." Jetzt kapierte ich, warum mir der Gestütbesitzer teilweise so grantig vorgekommen war.

„Nicht unser Problem", fand Julie und zog mich zu einem der Ställe. „Lass uns lieber den beiden Jungs Gute Nacht sagen."

„Gute Idee", fand ich.

Pepper begrüßte uns mit einem leisen Wiehern, als wir an die große Laufbox traten, in der er und Sandrino für die Nacht untergebracht waren. Morgen früh sollten die beiden dann zu den anderen Ein- und Zweijährigen auf die Weide gelassen werden.

„Na, mein kleiner Freund, wie geht es dir?" Ich strich Pepper sanft über den Hals und kraulte ihn dann hinter den Ohren, wo er es immer ganz besonders gern hatte. Prompt neigte er den Kopf leicht zur Seite und seine Unterlippe fing an zu zucken.

„Wie süß", säuselte Julie. „Er genießt das richtig."

Ich presste meine Nase auf seine und seufzte. „Ja, Pepper ist ohne Frage das süßeste Pferd der Welt."

Wir blieben noch einen Moment im Stall und sahen den beiden Jährlingen beim Heuknabbern zu.

Abends bei den Pferden im Stall zu sein war immer wieder ein wunderschönes Erlebnis. Am liebsten hätte ich Julie vorgeschlagen, die Nacht bei Pepper und Sandrino zu verbringen. Aber ich wusste nicht, ob das den Guggemoos recht war, und so grimmig, wie der Gestütbesitzer sich vorhin verhalten hatte, wollte ich

ihm nicht gleich am ersten Abend mit so einer Idee kommen.

„Ich bin müde, Fritzi“, sagte Julie.

„Jetzt schon?“, staunte ich.

„Im Gegensatz zu dir, allerbeste Schnarchnase“, neckte sie mich, „bin ich seit heute Morgen um fünf Uhr *wach.*“

Ich streckte ihr die Zunge raus. „Doofe!“

Julie kicherte. „Wer zuerst beim Haus ist“, rief sie und rannte los.

„Das ist fies“, brüllte ich ihr hinterher und startete ebenfalls durch.

Unser Zimmer war typisch bayrisch eingerichtet – zumindest hatte ich mir so ‚typisch bayrisch‘ vorgestellt: ein wunderschönes Doppelbett aus massivem Holz, in das zahlreiche Ornamente eingearbeitet waren, links und rechts die passenden Kommoden, auf der anderen Seite ein schwerer Kleiderschrank aus demselben Material und ebenso verziert. Auf dem Dielenboden befand sich ein dicker, weicher Teppich und die blau-weiß karierten Vorhänge passten perfekt zu unserem Bettzeug. Durch die Butzenscheiben konnte man schwach die Berge im Hintergrund erahnen. Ich öffnete es weit und lehnte mich hinaus.

„Die Luft ist einfach nur herrlich", schwärmte ich. „Ich freu mich wie verrückt auf morgen, wenn wir den Hof und die Gegend erkunden können."

Julie schob sich neben mich in den Rahmen. „Und ich bin total gespannt auf die Haflinger."

Ich legte den Arm um Julies Schultern und wisperte in die Dunkelheit: „Wir werden hier bestimmt eine tolle Zeit haben, Julie."

„Das glaube ich auch", erwiderte sie. „Und jetzt kommen mir die Berge auch schon gar nicht mehr so bedrohlich vor."

Ich musste lachen. „Na ja, kein Wunder. Im Dunkeln kannst du sie ja auch nicht mehr sehen."

Als mein Kopf wenig später in dem herrlich duftenden, kuscheligen Kopfkissen versank, schlief ich mit der Gewissheit ein, dass ein unvergesslich schönes Abenteuer vor Julie und mir lag.

4. Kapitel

Lautes Vogelgezwitscher weckte mich. Ich blinzelte und bedeckte meine Augen, weil das helle Morgenlicht mich blendete. Ich brauchte einen Moment, um zu begreifen, wo ich war.

„Guten Morgen, Schlafschnecke“, sagte Julie.

Ich spreizte die Finger ein wenig und lugte durch den schmalen Schlitz hindurch. „Hi.“

Langsam hatten sich meine Augen an das grelle Licht gewöhnt. Ich richtete mich auf, streckte die Arme in die Höhe und gähnte.

Julie beobachtete mich dabei. „Und, hast du gut geschlafen?“

„Ja, richtig, richtig gut“, sagte ich.

„War nicht zu überhören“, erwiderte Julie spöttisch.

Ich sah sie groß an. „Hab ich etwa geschnarcht?“

Julie grinste. „Nö, du nicht, aber die Almvampire. Grausam, sag ich dir, ganz, ganz schrecklich."

„Du bist fies", schimpfte ich und wollte mich lachend auf sie stürzen. Doch dabei verhedderte ich mich glatt in der dicken Bettdecke und purzelte ungeschickt zur Seite.

Julie lachte. „Wie 'ne alte Kartoffel."

Ich streckte ihr drohend den Zeigefinger entgegen. „Wir werden ja nachher sehen, wer von uns die alte Kartoffel ist. Spätestens wenn ich dir davongaloppiere und du nur noch den Staub schlucken kannst, den die Hufe meines Haflingers aufwirbeln."

Julie hob beschwichtigend die Hände. „Okay, okay, du hast gewonnen. Schon jetzt."

„Wie meinst du das?"

Plötzlich wurde Julie ernst. „Na ja, reiten werden wir hier wohl nicht können."

„Wie kommst du denn darauf? Ben hat doch gemeint, dass wir auf den Haflingern, die hier auf dem Hof sind, garantiert auch reiten dürfen."

Missmutig verzog Julie den Mund. „Tja, das hat er auch angenommen. Aber heute Morgen beim Frühstück hat Herr Guggemoos gemeint, dass sich zurzeit nur noch die beiden Dreijährigen auf dem Hof befänden. Und natürlich jede Menge Jungpferde. Aber die sind alle auf der Weide und eh nicht reitbar."

Ich wusste nicht, worüber ich mich mehr wundern sollte. Darüber, dass wir nicht reiten konnten, oder über das offensichtlich verpasste Frühstück.

„Ihr habt schon gefrühstückt? Ohne mich?!"

Julie seufzte schwer. „Fritzi, ich schwöre es dir, ich hab alles versucht, um dich wach zu kriegen. Aber

als du dann sogar nach mir geschlagen hast, da hat Ben gemeint, ich soll dich einfach noch ein bisschen weiterschlafen lassen. Aber keine Sorge, ich hab dir zwei Semmeln mit Marmelade geschmiert und mitgebracht. Und außerdem gibt es ja bald schon wieder Mittagessen."

„Was?" Meine beste Freundin veräppelte mich. Niemals hatte ich bis fast mittags geschlafen. NIEMALS! Doch der urige Wecker auf der Kommode behauptete auch, dass es bereits kurz nach elf Uhr sei.

„Das muss an der dünnen Luft liegen", konnte ich nur entgeistert murmeln. „Sonst schlafe ich nie so lange."

Julie lachte. „Ja, ja, die dünne Luft auf der Autobahn und hier oben in den Bergen."

Ich ging nicht auf ihren Spott ein. „Und dass wir hier nicht reiten können, ist amtlich?"

Julie nickte.

„Wie doof ist das denn?!", brummte ich enttäuscht.

„Aber vielleicht hätten wir eh keine Zeit dazu gehabt", meinte Julie.

„Warum?"

Julie rümpfte die Nase, wie sie es immer tat, wenn ihr etwas überhaupt nicht passte. „Die beiden Junghengste, die Ben anreiten soll, sind tatsächlich noch komplett roh. Die kennen nicht mal 'ne Longe. Geschweige denn Sattel und Trense."

„Echt? Aber Ben hat doch auf der Hinfahrt erzählt, dass die beiden Haflinger bereits an Sattel und Trense gewöhnt sind. Und sogar schon anlongiert."

„Tja, leider hat die gute Frau Guggemoos das behauptet, weil es schier unmöglich ist, all das in nur zwei Wochen hinzubekommen. Sie hat wohl geahnt, dass Ben den Job dann auf gar keinen Fall angenommen hätte. Heute Morgen beim Frühstück hat sie es Ben dann gestanden."

„Na toll. Und wie hat er darauf reagiert?"

„Er war natürlich sauer. Aber du kennst ja meinen Ben-Papi, er zieht das jetzt durch. Keine Herausforderung ist zu groß für ihn", erklärte Julie nicht ohne Stolz.

„Vielleicht können wir ihm ja helfen", schlug ich vor.

Julie zuckte die Schultern. „Hab ich mir auch schon überlegt."

„Na dann", rief ich unternehmungslustig, „worauf warten wir noch?!"

Julie grinste. „Ähm ... vielleicht darauf, dass du dich anziehst, Schnecke?"

Ich sah an mir herunter und kicherte. „Besser wäre es wohl. Gib mir fünf Minuten."

Bei Tageslicht war der Hof noch viel schöner, die Berge im Hintergrund noch viel beeindruckender und das Wetter zeigte sich auch in allerbester Frühlingsstimmung.

Ich atmete die frische Luft ein und rief begeistert: „Einfach himmlisch!"

Julie nickte. „Heute gefällt es mir auch schon wesentlich besser. Aber jetzt komm endlich. Ben und Herr Guggemoos wollen gleich Pepper und Sandrino zu den anderen in die Herde stellen."

Wir rannten über den mit hellem Kies bedeckten Innenhof. Vorbei an der kleinen Reithalle, den lang gestreckten, weiß getünchten Stallungen, einer etwas heruntergekommenen Scheune, zu dem Stall, in dem sich vier Stuten- und Fohlen-Laufboxen befanden.

Ben war gerade im Begriff, Sandrino das Halfter anzulegen, als wir hereinstürmten. Von Herrn Guggemoos war jedoch nichts zu sehen.

Ich begrüßte Ben und tätschelte dann erst mal Pepper ausgiebig den Hals, während Julie sich nach Herrn Guggemoos erkundigte.

„Tja, der Job hier gestaltet sich leider etwas schwierig. Zumindest was die Absprache zwischen Frau und Herrn Guggemoos betrifft." Bens Stimme klang leicht genervt.

„Warum?", hakte Julie nach.

„Er wollte mir heute Morgen bei den beiden Dreijährigen helfen, doch seine Frau meinte, der Arzt hätte ihm jegliche körperliche Anstrengung verboten. Daraufhin ist er stinkwütend abgezogen und wurde seitdem nicht mehr gesehen. Frau Guggemoos hat mich darum gerade gebeten, Pepper und Sandrino allein in die Herde zu den anderen Jungpferden zu bringen."

„Boah, Mann", stöhnte Julie, „die Bayern sind irgendwie echt anstrengend."

Ben grinste. „Na ja, ich denke, der gute Herr Gugge-

moos ist eher ein ganz spezieller Fall, was wenig damit zu tun hat, dass er Bayer ist."

Julie zuckte die Schultern. „Ist ja auch egal. Hauptsache, die beiden Jungs kommen jetzt endlich auf die Weide. Ich meine, nur darum haben wir sie ja überhaupt hierhergebracht."

Ben nickte. „Stimmt. Dann lasst uns jetzt mal schleunigst starten. Ich hab heute noch ein ordentliches Programm vor mir."

Julie winkte fröhlich ab. „Keine Sorge, Ben-Papi, Fritzi und ich haben nämlich beschlossen, dir bei den Dreijährigen zu helfen."

Doch statt erleichtert zu sein, schüttelte Ben entschlossen den Kopf. „Auf gar keinen Fall! Die beiden sind viel zu wild. Das Risiko, dass einer von euch etwas passiert, gehe ich bestimmt nicht ein."

„Aber ..."

„Nichts aber", fuhr Ben Julie über den Mund. „Und jetzt führt bitte die beiden Jungs aus der Box."

Julie verkniff sich jeden weiteren Kommentar und kümmerte sich um Sandrino, während ich Pepper übernahm.

Doch als wir kurz darauf mit den beiden das Stallgebäude verließen, flüsterte sie mir zu: „Und wir helfen ihm doch, wetten?!"

Ich grinste und nickte. „Abgemacht!"

Die Aufzuchtweide lag ein gutes Stück vom eigentlichen Gestüt entfernt. Zum Glück kannte Ben den Weg, weil er bereits ganz früh am Morgen mit Frau Guggemoos hier gewesen war. Direkt auf der Nachbarweide hatten nämlich bisher die beiden dreijährigen Haflinger ihr Leben verbracht.

„Ich habe noch niemals so eine große Wiese gesehen“, schwärmte ich, als wir endlich am Gatter angelangt waren.

Die Fläche war mit dem Auge kaum zu erfassen. Was aber auch daran lag, dass sie erst leicht und dann ziemlich steil anstieg. Von hier unten konnte man daher das Ende der Weide nur erahnen.

„Unglaublich schön“, fand auch Julie.

Ben nickte. „Dass es den beiden hier so gut gehen wird, dass sie noch mal ein Jahr in der großen Herde in fast absoluter Freiheit verbringen können, versöhnt mich ein wenig mit dem sonstigen Chaos“, gab Ben zu. Dass er sich so offensichtlich über seine Auftraggeber ärgerte, hatte ich bisher noch nie bei ihm erlebt. Ben war durch und durch Profi, sagten Mama und Papa immer. Und wenn die Umstände noch so schlecht waren, er zuckte kurz mit den Schultern und machte dann das Beste daraus.

Julie schien sich auch zu wundern. „So schlimm?“

Doch Ben schüttelte den Kopf und lächelte schon

wieder. „Nein, nein, nichts, was mich wirklich ärgert. Ich krieg das schon hin und ihr genießt unterdessen eure Ferien."

Julie und ich sahen uns an und dachten offenbar dasselbe. Das konnte Ben sich abschminken.

Kaum hatten wir Pepper und Sandrino die Halfter über den Kopf gezogen, galoppierten sie Seite an Seite im gestreckten Galopp davon. Pepper bockte übermütig. Sandrino galoppierte im Zickzackmuster. Es war einfach herrlich, den beiden dabei zuzusehen, wie sie sich über die Weite der Wiese freuten.

„Wie die anderen Pferde wohl auf die beiden reagieren werden?“, fragte ich mich laut.

„Wir werden es gleich erleben“, erwiderte Ben und deutete in die Ferne. Dort hatten Pepper und Sandrino nämlich gerade einen Richtungswechsel vorgenommen und kamen im Renngalopp zu uns zurück. Hinter ihnen eine Herde von ungefähr zehn Haflingern.

„Auweia“, entfuhr es mir besorgt. „Die werden den beiden doch wohl nichts tun?!“

Ben schüttelte den Kopf. „Unsinn. Sind doch selbst alles noch Halbstarke.“

„Ich find's super, dass sich das Kennenlernen direkt vor unserer Nase abspielt. Voll nett von Pepper und Sandrino. Sie hätten ja auch ganz oben bleiben können“, meinte Julie.

Ben lachte. „Sind halt gut erzogene Pferde.“

Inzwischen hatten Pepper und Sandrino wieder das Gatter erreicht, an dem wir standen. Sie trabten aufgeregt hin und her, bis die ersten Pferde der Herde sich ihnen näherten. Im Handumdrehen jagte Sandrino wieder davon, von vier Pferden verfolgt.

Pepper hingegen blieb mit blähenden Nüstern und

aufgerichtetem Hengsthals stehen. Flugs wurde er von mehreren Pferden umringt, die ihn von allen Seiten begutachteten und beschnupperten. Ein heller Fuchs scharrte aufgeregt mit den Vorderhufen, ein etwas dunkler, wesentlich kräftigerer Haflinger stieß einen kurzen, grellen Schrei aus, als er an Pepper schnupperte. Überhaupt wurde um Pepper herum viel gequiekt und mit den Hufen aufgestampft. Der Kleine tat mir wirklich leid.

„Hat er Angst?", fragte ich Ben mitleidig.

„Nein, natürlich nicht. Dies ist ein wichtiger Moment für ihn, denn gerade jetzt wird die Hierarchie innerhalb der Herde geklärt", erklärte Ben uns. „Sandrino hat erst mal die Flucht ergriffen, Pepper stellt

sich den anderen, er zeigt: ‚Ich bin stark, mit mir müsst ihr rechnen.' Natürlich werden die Karten immer mal wieder neu gemischt, die Herde verändert sich ja auch."

Kaum hatte Ben seinen Satz beendet, da stieg Pepper kerzengerade in die Luft und stieß dabei ein grelles Wiehern aus.

Der helle Fuchs ging ebenfalls in die Höhe. Das sah ganz schön riskant aus, doch im nächsten Moment landeten beide wieder auf ihren Vorderhufen und schossen wie die geölten Blitze und wild buckelnd davon. Die restliche Herde folgte ihnen.

Die stürmische Jagd ging kreuz und quer über die große Wiese. Mal galoppierten sie an uns vorbei, dann verschwanden sie wieder hinter der Anhöhe. Sandrino hatte sich inzwischen wieder an Peppers Seite geheftet. Scheinbar fühlte er sich mit dem Halbbruder direkt neben ihm sicherer.

Es dauerte eine ganze Weile, bis allmählich Ruhe in die Herde einkehrte. Einige Pferde suchten die Wasserstellen auf, andere fingen an zu grasen. Pepper und Sandrino entschieden sich fürs Grasen. Am Spiel ihrer Ohren konnte man jedoch deutlich erkennen, dass sie nach wie vor recht angespannt waren.

„Okay, das war's“, sagte Ben. „Nun sind die beiden in ihrer neuen Herde integriert. Wollt ihr noch hierbleiben oder kommt ihr mit mir zurück?“

Ich wäre wirklich noch gerne geblieben, am liebsten hätte ich stundenlang am Gatter gestanden und jede Regung und Bewegung der Tiere verfolgt. Doch Julie stieß mir sacht den Ellbogen in die Seite und zischte mir zu: „Lass uns mit Ben gehen, Fritzi.“

Ich nickte. Schließlich ahnte ich, warum sie mit Ben zurück auf den Fürstenhof wollte. Doch bevor wir uns endgültig auf den Weg machten, hatte ich noch eine Frage an Ben. „Warum dürfen Pepper und Sandrino eigentlich auch auf dieser Weide stehen? Ich dachte, hier wären nur Haflinger-Jährlinge?“

Ben schüttelte den Kopf. „Nein, die Familie Guggemoos bietet Aufzuchtplätze für Jungpferde jeglicher Rasse an. Unterschieden wird natürlich nur beim Geschlecht der Tiere. So gibt es hier eine Hengst- und Wallachherde, in der Ein- und Zweijährige sind, und eine Stutenherde des gleichen Alters.“

„Die einjährigen Pferd erkennt man übrigens an den noch kurzen Schweifen“, ergänzte Julie. „Größenmäßig sind ja zum Beispiel die Hannoveraner-Jährlinge eindeutig den Haflinger-Zweijährigen überlegen. Ich gucke dann immer auf die Schweife, um zu schätzen, wie alt die Pferde wohl sein könnten.“

Ich betrachtete die nun wieder fast vollständig zur Ruhe gekommene Herde. „Stimmt, Pepper ist fast so groß wie der Haflinger neben ihm, und wenn ich mir seinen Schweif ansehe, dann müsste der auf jeden Fall schon zweijährig sein.“

„Du hast es kapiert, Schnecke“, rief Julie fröhlich.

Dann hakte sie mich unter, und gemeinsam machten wir uns auf den Weg zurück zum Fürstenhof, wo Ben schon sehnsüchtig von Frau Guggemoos erwartet wurde.

5. Kapitel

„Ben, zum Glück, ich hatte schon befürchtet, Sie wären abgereist“, rief Frau Guggemoos erleichtert.

Ben schaute sie erstaunt an. „Warum sollte ich? Und außerdem, Sie wussten doch, dass ich meine beiden Jährlinge zur Aufzuchtwiese bringe.“

Zudem stand Bens Geländewagen samt Anhänger deutlich sichtbar mitten auf dem Hof, schoss es mir durch den Kopf. Diese Frau Guggemooos war echt ein wenig komisch.

Frau Guggemoos seufzte schwer. „Verzeihen Sie, Ben, ich bin selbst schon ganz durch den Wind. Seitdem nun feststeht, dass …“

„Frau Guggemoos“, fiel Ben ihr wenig charmant ins Wort, „lassen Sie uns doch später reden. Ich möchte jetzt wirklich mit den beiden Dreijährigen anfangen zu arbeiten. Wie wir ja beide wissen, drängt die Zeit enorm."

Frau Guggemoos beeilte sich zu nicken. „Natürlich, Ben. Ich bin Ihnen einfach nur dankbar, dass Sie uns helfen." Dann trippelte sie zum Haupthaus, wo sie die Tür öffnete und hineinrief: „Sepp, wir haben noch mal Glück gehabt, Ben ist ..."

Der Rest ihres Satzes ging im Zuschlagen der schweren Haustür unter.

„Komische Leute", murmelte ich.

Ben nickte. „Bestimmt erscheinen sie einem erst mal so. Aber im Endeffekt sind sie einfach nur traurig, dass sie sich in den nächsten Jahren nach und nach von der Zucht verabschieden müssen. Herr Guggemoos ist weit über siebzig und leider gesundheitlich stark angeschlagen. Frau Guggemoos ist zwar wesentlich fitter, aber allein kann sie das alles unmöglich schaffen. Einen Nachfolger für den Hof haben die beiden nicht. Und verkaufen möchten sie auch nicht."

Okay, jetzt verstand ich, warum Herr Guggemoos so mürrisch auftrat. Wenn man sein ganzes Leben mit Pferden verbracht hatte und dann auf einmal auf die geliebten Tiere verzichten sollte, berechtigte das in meinen Augen jeden dazu, grantig und traurig bis zum Gehtnichtmehr zu sein.

Plötzlich empfand ich schreckliches Mitleid mit den beiden.

„Können wir ihnen nicht irgendwie helfen?"

Ben zuckte mit den Schultern. „Tja, ich überlege auch schon die ganze Zeit. Aber wenn es nun mal niemanden gibt, der den Hof samt den Guggemoos übernehmen möchte, weiß ich auch nicht so recht, was man noch machen soll."

„Das ist wirklich traurig", fand Julie.

Ben nickte, doch dann straffte er die Schultern und erklärte mit fester Stimme: „Jetzt aber genug des Trübsalblasens, ich kümmere mich erst mal um Agor, der ist laut Frau Guggemoos der Schwierigere von den beiden. Und ihr zwei Hübschen genießt jetzt gefälligst eure Ferien und zermartert euch nicht länger das Gehirn über die Sorgen anderer." Damit verschwand er in Richtung Reithalle und ließ uns ziemlich aufgewühlt zurück.

„Als ob ich jetzt noch faul am Chiemsee liegen und

den Fischen beim Blubbern zusehen könnte“, knurrte Julie und sprach damit aus, was ich dachte.

Außerdem waren wir auf einem Hof mit Pferden. Wenn wir schon nicht reiten konnten, dann wollten wir dennoch so viel Zeit wie möglich mit ihnen verbringen.

„Wie lautet dein Plan?“, fragte ich Julie. So wie ich meine beste Freundin kannte, hatte sie nämlich längst einen geschmiedet.

Julie grinste. „Na ja, so richtig von A bis Z hab ich noch keinen. Aber ich denke, am besten wird es sein, wir schleichen Ben erst mal hinterher und hoffen dann einfach auf die passende Gelegenheit, in der wir ihm zur Hilfe eilen können.“

Ich nickte. Okay, besser als hier auf dem Hof herumzustehen, war Julies Vorschlag allemal.

Also schlichen wir tatsächlich hinter die Reithalle zu den vier Außenboxen, wo Ben gerade dabei war, den dreijährigen Haflinger Agor behutsam aufzutrensen. Wie Geheimagenten verbargen wir uns hinter einem Trecker und lugten über die wuchtige Treckergabel hinweg.

Agor trippelte unruhig auf der Stelle herum, aber er duldete den Trensenzaum. Behutsam löste Ben die Zügel von den Gebissringen und befestigte stattdessen die Longe am linken Ring.

„Braver Junge", lobte er den dreijährigen Haflinger und strich ihm sacht über den Hals. Dann führte er ihn in die kleine Reithalle.

„Mist", fluchte Julie leise neben mir. „Das lief ja schon mal wie geschmiert."

Natürlich war es gut, dass Agor sich so unkompliziert anstellte. Aber dadurch kamen wir natürlich nicht zum Einsatz.

Der Haflinger ließ sich dann auch ganz artig von Ben in der Halle herumführen. Doch als Ben die Absperrstange vor die Hallentür schieben wollte, begann der Dreijährige unruhig zu werden. Das Teil war ihm wohl ganz und gar nicht geheuer. Er tänzelte auf der Stelle herum, schmiss sich in die Trense und war absolut nicht dazu zu bewegen, bei Ben und der Absperrstange zu bleiben.

„Unser Einsatz", triumphierte Julie und stürmte los. Ich folgte ihr.

„Wir helfen dir, Ben", rief sie.

Bevor Ben den Mund aufmachen konnte, hatten Julie und ich ihm schon die Stange abgenommen und links und rechts in die Halterungen geschoben. „Was macht ihr denn hier? Ich hab euch doch gesagt ..."

Weiter kam Ben nicht. Agor stieg kerzengerade in die Höhe. Ben konnte gerade noch so zur Seite springen, sonst hätte der Hengst ihn mit den Vorderhufen getroffen.

Mit aller Kraft hielt Ben mit der Longe dagegen – und schaffte es tatsächlich, den widerspenstigen Junghengst in den Griff zu bekommen.

„Das war knapp", murmelte Julie erschrocken.

Ben sagte nichts. Er konzentrierte sich vollends auf den wirklich ungestümen Haflinger, der nun wie angestochen an der Longe um Ben herumgaloppierte. Dabei vollführte er die wildesten Bocksprünge. Jedes Mal wenn er an der Hallenöffnung vorbeikam, in der Julie und ich hinter der Absperrstange standen, sprang er erschrocken zur Seite. Selbst nach der zwanzigsten Galopprunde blieb das so.

„Der Kerl sieht wirklich überall Gespenster", keuchte Ben. Er hatte große Mühe, die Longe festzuhalten und gleichzeitig den aufgeregten Seitensprüngen des jungen Hengstes auszuweichen.

„Ruhig, mein Junge, ganz ruhig", redete er auf Agor ein. Doch der war meilenweit von *ruhig* entfernt. Er rannte und rannte, bockte, schmiss sich zur Seite, zog und zerrte an der Longe und bewies, dass die Arbeit mit ihm bestimmt kein Zuckerschlecken werden würde. Irgendwann ging Agor dann die Puste aus, und er verfiel in ein etwas langsameres Tempo, bis er schließlich trabte und dann schwer pumpend und klitschnass geschwitzt im Schritt um Ben herumging.

„So ist es artig", lobte Ben ihn mit hochrotem Gesicht. Sein Hemd war schweißnass von der Anstrengung. „Braaav, ganz braaav, Agor!"

„Ben-Papi, ganz ehrlich, der hat doch 'nen Knall", sagte Julie.

Ben lachte. „Du sagst es, der hat echt 'nen Knall!"

„Auf den kannst du dich doch in absehbarer Zeit nicht draufsetzen", prophezeite Julie mit finsterer Miene. „Da fliegst du im hohen Bogen runter."

Ben hob die linke Schulter. „Wir werden sehen. Zum Glück ist Kaspar wesentlich umgänglicher. Zwei von dieser Sorte hier hätten mich tatsächlich an meine Grenzen gebracht."

„Dann können wir doch mit Kaspar schon mal das Auftrensen üben", witterte Julie unsere Chance. „Ben, bitte, ich habe das doch auf der Eagle-Free-Ranch schon zigmal bei den jungen Pferden gemacht. Wir sind auch ganz, ganz vorsichtig."

Ben zögerte einen Moment, ich war mir sicher, dass er uns wieder abwimmeln würde. Doch er nickte.

„Okay, ihr könnt von mir aus ein bisschen mit Kaspar arbeiten. Aber bitte führt ihn nur zur Halle und dort ein wenig hin und her. Das kennt er nämlich schon. Aber auf gar keinen Fall trenst ihr ihn auf oder legt ihm die Satteldecke oder gar den Sattel auf. Das mache ich. Und zwar *nur* ich!"

„Juchhu!", jubelten Julie und ich und wollten losrennen. Doch Ben stoppte uns. „Halt! Wo wollt ihr denn hin?"

„Zu Kaspar", riefen wir wie aus einem Mund.

„Und wie soll ich mit Agor wieder aus der Halle kommen?" Ben blickte uns an, als ob wir nicht mehr alle Latten am Zaun hätten. „Ihr habt doch gerade gesehen, dass der Kerl hier meint, die Stange sei extrem gefährlich."

„Ähm … ja, natürlich“, stotterte Julie. „Dann bleiben wir eben noch hier und warten, bis du ihn fertig longiert hast.“ Und etwas leiser zischte sie mir zu: „Aus Erwachsenen soll mal einer schlau werden. Erst sollen wir ihm auf gar keinen Fall helfen, und dann müssen wir unbedingt hierbleiben, um eben doch zu helfen.“

Ich grinste. „Immer diese unentschlossenen Erwachsenen.“

Julie nickte. „Schreeecklich!“

„Was tuschelt ihr denn?“, fragte Ben.

Julie rief: „Ben-Papi, wir tuscheln nicht, wir lästern über dich.“

„Da bin ich ja beruhigt“, lachte Ben.

Es dauerte noch eine ganze Weile, bis Agor aufgehört hatte zu pumpen, sodass Ben ihn langsam zu sich in die Mitte locken und ihn dann zur Halle hinausführen konnte.

In weiser Voraussicht hatten wir die Stange aus der Halterung gehoben, als Agor uns gerade den Pferdehintern zugewandt hatte, sodass nun der Weg für Ben und den schreckhaften Dreijährigen frei war.

„Seid doch bitte so lieb und äppelt die Halle eben noch schnell ab“, bat Ben uns.

„Okay“, rief Julie. „Aber dann dürfen wir uns um Kaspar kümmern, ja?!“

Ben nickte, schob jedoch gleich hinterher: „Ihr könnt ihn putzen und dann in die Halle führen – mehr nicht. Ich versorge unterdessen Agor und komme dann gleich zu euch rüber.“

Enttäuscht verzog meine Freundin das Gesicht. Doch ich fand den Vorschlag super.

„Julie, ganz ehrlich, das ist doch immerhin ein Anfang.“

Das sah Julie dann zum Glück auch so, und wir machten uns auf den Weg zu den Außenboxen, in denen Kaspar und Agor seit heute Morgen standen.

Kaspar blickte uns mit gespitzten Ohren entgegen. Er war wirklich ein wunderschönes Kerlchen. Ein dunkler Fuchs mit flachsfarbener Mähne und einem Schweif, der bis auf den Boden reichte.

Vorsichtig öffnete ich die Boxentür und strich ihm beruhigend über den weichen Hals.

„Eigentlich ist es kein Wunder, dass Agor gerade

so ausgeflippt ist“, sagte Julie hinter mir. „Ich meine, stell dir mal vor, die beiden sind erst heute Morgen von ihrer Herde getrennt worden, in der sie seit zwei Jahren gelebt haben. Von einer unendlich weiten Wiese hinein in eine vier mal vier Meter große Box.“

Ich nickte. „Die kennen quasi nichts. Das ist bestimmt richtig verwirrend für sie.“

Kaspar schnaufte leise, als ob er uns zustimmen würde.

„Aber vor uns musst du keine Angst haben, du Süßer“, versprach ich ihm und kraulte ihn hinter dem linken Ohr. „Wir putzen dich jetzt nur ein bisschen und führen dich dann spazieren.“

Dass Ben später in der Halle noch mit ihm arbeiten wollte, erwähnte ich lieber nicht. Klar, er verstand mich eh nicht, aber sicher war sicher. Ich wollte ihn ja nicht beunruhigen, jetzt, wo er gerade dabei war, Vertrauen zu uns zu fassen. Kaspar ließ sich ganz artig putzen. Fast kam es mir so vor, als ob er die menschliche Zuwendung richtig genießen würde.

„Hast du das gerade gehört", kicherte Julie leise. „Er hat gegrunzt."

Ich nickte. „Ja, es scheint ihm richtig zu gefallen."

Auch das Führen war kein Problem. Julie und ich hatten zur Sicherheit gleich zwei Stricke an seinem Halfter befestigt. Den einen hielt ich in den Händen, den anderen Julie. Doch unsere Vorsicht wäre gar nicht nötig gewesen, Kaspar schritt ganz ruhig und entspannt neben uns her.

In der Halle benahm er sich ebenfalls so, als ob er schon tausend Mal darin herumgeführt worden wäre.

Als Ben einen Moment später mit noch immer hochrotem Kopf zu uns stieß, staunte er nicht schlecht. Julie und ich hatten nämlich gewagt, Kaspar am Halfter zu longieren.

„Okay, eigentlich müsste ich jetzt mit euch schimpfen, weil ihr euch nicht an die Abmachung gehalten habt. Aber da mich dieser renitente Agor dermaßen auf Trab gehalten hat, bin ich jetzt einfach mal zufrieden, dass Kaspar sich als das genaue Gegenteil entpuppt."

„Immer schön positiv denken", gab Julie zurück und grinste Ben dabei breit an.

Der schien von der Arbeit mit Agor wirklich noch fix und fertig zu sein, denn er nickte. „Dann macht mal schön so weiter mit Kaspar. Ich gehe jetzt das Ehepaar Guggemoos suchen und bespreche mit ihnen die nächsten Schritte."

Als Ben die Halle verlassen hatte, sagte Julie zu mir: „Es passt Ben überhaupt nicht, dass er Kaspar und Agor so überfallen muss. Ich meine, sonst nimmt er sich ewig Zeit für junge Pferde. Und jetzt muss alles ruckzuck gehen. Das ist nicht Bens Art. Kein bisschen."

6. Kapitel

Trotz des eher holprigen Starts verliefen die nächsten Tage auf dem Fürstenhof geradezu harmonisch. Der alte Herr Guggemoos riss sich nach einer gehörigen Standpauke seiner Frau zusammen. Natürlich konnte er Ben bei der Arbeit mit den Jungpferden nicht unterstützen, dazu war er mit seinem schlimmen Rücken einfach nicht in der Lage. Aber er stand Ben mit Ratschlägen zur Seite, die tatsächlich dafür sorgten, dass der am Anfang so wilde Agor immer umgänglicher wurde.

Julie und ich durften uns weiterhin um Kaspar kümmern. Wir putzten ihn, führten ihn am Halfter in der Halle herum, longierten ihn, und am vierten Tag erlaubte uns Ben sogar, Kaspar allein aufzutrensen und zu satteln.

Der junge Hengst ließ alles ganz ruhig und entspannt über sich ergehen.

Am Nachmittag liefen wir immer zu Pepper und Sandrino rauf, die sich inzwischen wunderbar in ihre Herde integriert hatten. Die beiden wirkten ganz so, als ob sie sich pudelwohl fühlen würden.

Abends saßen wir dann im Wintergarten mit den Guggemoos zusammen und lauschten Herrn Guggemoos' Erzählungen von fast sechzig Jahren Haflingerzucht. Ich fand jede einzelne spannend – wurde aber von Mal zu Mal trauriger. All das sollte nämlich in absehbarer Zeit für die beiden Geschichte sein.

„Wir haben ein Leben mit und für die Pferde geführt“, sagte Herr Guggemoos. „Aber nun sind wir zu alt. Zwei, drei Jahre noch, dann werden die Weiden und Ställe leer bleiben müssen. Dann wird es hier nichts mehr als nur noch die Erinnerung an Pferdewiehern und Hufgetrappel geben.“

In dieser Nacht träumte ich von Pepper. Er galoppierte über die unendlich weiten Wiesen des Fürstenhofes. Er wieherte, immer lauter, immer verzweifelter, aber er bekam keine Antwort. Niemand war da, kein Pferd, kein Mensch, alles war verlassen.

Der fünfte Tag auf dem Fürstenhof begann stürmisch. Das Wetter war quasi über Nacht umgeschlagen, was für den April nicht ungewöhnlich war. Nach tagelanger Hitze folgte nun Regen, Regen und noch mehr Regen.

„Mist! Und gerade heute wollte Ben sich das erste Mal auf Agor und später auch auf Kaspar setzen“, schimpfte Julie, als wir nach dem Frühstück hoch in unser Zimmer eilten.

„Na ja, in der Halle regnet es ja nicht“, meinte ich.

Julie verzog den Mund. „Ach, Schnecke, aber es trommelt ganz arg aufs Wellblechdach und das gefällt Agor garantiert nicht."

„Stimmt", nickte ich und kam mir prompt doof vor, weil ich nicht von selbst darauf gekommen war.

Wir zogen uns unsere Regenjacken an, schlüpften in die Gummistiefel und überquerten dann schnell den Hof. Ben war bereits bei den beiden Dreijährigen. Er trenste gerade Agor auf und sattelte ihn dann.

„Ich denke, das mit dem Draufsetzen verschiebe ich auf morgen. Der Junge ist schon jetzt super zappelig."

Julie und ich hielten das für eine gute Idee. „Ja, das wäre echt riskant", stimmte ich Ben zu.

Doch nachdem Ben Agor in die Halle geführt und einige wirklich wilde Runden longiert hatte, ließ der Niederschlag nach. Innerhalb von wenigen Momenten verzogen sich die dunklen Regenwolken und die Sonne kam mit all ihrer Kraft zum Vorschein.

„Wie heißt es so schön: April, April", grinste Ben. „Der macht, was er will."

„Willst du dich nun doch noch auf Agor setzen?", fragte Julie.

Ben schüttelte den Kopf. „Der ist heute eindeutig zu spannig dafür. Aber ich denke, Kaspar lässt sich von alldem nicht verrückt machen."

Ich war mit Ben und Julie schon auf einigen Höfen gewesen. Aber noch niemals so hautnah dabei, wenn Ben sich das erste Mal auf ein Pferd setzte. Spannend, echt spannend, fand ich und spürte die Aufregung in nahezu jeder Faser meines Körpers.

„Wir machen ihn schnell für dich fertig, Ben", schlug ich eifrig vor, „und bringen ihn dir in die Halle."

Ben nahm mein Angebot gerne an, und während Julie und ich rüber zu dem wirklich braven Kaspar liefen, versuchte Ben, den wesentlich wilderen Agor so weit zu beruhigen, dass er einigermaßen entspannt im Schritt an der Longe ging.

Als wir kurz darauf mit Kaspar in die Halle kamen, sah man Ben regelrecht an, wie geknickt er war.

„Agor ist und bleibt eine Herausforderung", keuchte er. „Jeder noch so kleine Regentropfen, der aufs Dach fällt, die ach so schreckliche Stange, selbst seine eigenen Pferdeäppel … Der Junge findet einfach alles gruselig und ist dann kaum zu beruhigen."

„Das ist wirklich doof", brummte Julie.

„Na ja", Ben straffte die Schultern, „jetzt kommt Kaspar an die Reihe und der ist ja im Vergleich zu seinem Kumpel ein echter Schatz."

Ben bat uns, Agor rüber in seine Box zu bringen, während er selbst Kaspar ablongieren wollte, bevor er den Versuch unternahm, sich auf ihn zu setzen. Auch wenn der schicke Haflinger sich bisher ganz artig aufgeführt hatte, so musste man ja kein Risiko eingehen.

Julie und ich nahmen den hochnervösen Agor in unsere Mitte und verließen mit ihm die Halle.

„Dass Ben uns inzwischen sogar Agor führen lässt, heißt echt was", meinte Julie und sah mich an.

Ich kannte Julie inzwischen gut genug, um sofort zu wissen, dass sich hinter diesem Blick ein verrückter Gedanke verbarg.

„Was hast du vor?", fragte ich deshalb.

„Ich möchte Ben einfach nur helfen. Natürlich auch den Guggemoos. Die sind ja wirklich darauf angewiesen, dass Agor und Kaspar Ende nächster Woche als *angeritten* an die neuen Besitzer übergeben werden können."

„Okay“, sagte ich gedehnt. „Und das bedeutet?“

„Was hältst du davon, wenn wir Ben auch bei Agor behilflich sind? Wir könnten zum Beispiel morgen ganz früh, also bevor Ben mit ihm arbeitet, eine große Schrittrunde machen. Dann ist er bestimmt wesentlich ruhiger und sieht nicht mehr überall Gespenster. Ich habe nämlich das Gefühl, dass er sich so aufführt, weil ihm die Reithalle nicht geheuer ist.“

„Stimmt! Und wenn wir das jetzt schon mal kurz antesten?“

„Wie meinst du das?“

„Na ja, Ben longiert Kaspar eh noch einen Moment. Wir könnten doch ein paar Meter mit Agor Richtung Weiden gehen. Quasi nur, um schon mal zu sehen, wie er sich so verhält."

Als ob Agor mich verstanden hätte, schnaubte er zufrieden. Das fasste ich als gutes Zeichen auf. „Siehst du, ihm gefällt mein Vorschlag."

„Dann ist ja alles klar", fand Julie und grinste unternehmungslustig.

7. Kapitel

Tatsächlich war Agor wie ausgewechselt, als wir ihn über den Hof Richtung Hochlandweiden führten.

Julie hielt seine Zügel fest in den Händen, ich hatte zusätzlich einen Führstrick an dem rechten Gebissring befestigt, sodass wir Agor in unserer Mitte hatten.

Der schnaufte zwar fast durchgehend, und sein Ohrenspiel verriet, dass er aufgeregt war, aber er ließ sich brav von uns führen. Kein Kopfhochschmeißen, kein zur-Seite-ausbrechen-Wollen, kein Steigen.

„Siehst du", triumphierte Julie, „ich hab es doch gewusst, er mag die Halle einfach nicht."

Eigentlich hatten wir vorgehabt, uns nur ein paar Meter vom Fürstenhof zu entfernen, aber Agor entspannte sich von Schritt zu Schritt mehr, sodass wir immer weiter liefen.

Irgendwann hatten wir schon fast die Jungpferdewiese erreicht, auf der Pepper und Sandrino standen.

„Auweia, Julie, jetzt müssen wir aber umkehren. Ben wartet bestimmt schon auf uns."

Schließlich wusste er nichts von unserem kleinen Ausflug mit Agor und so sollte es erst mal auch bleiben. Außerdem hatte er uns gebeten, Kaspar festzuhalten, während er ihn langsam ans Reitergewicht gewöhnen wollte.

„Herrje, ich hab total die Zeit vergessen", erschrak Julie. „Dann lass uns schnell zurückgehen."

Gesagt, getan. Wir wendeten Agor und wollten im wesentlich flotteren Schritt zurück zum Haflingergestüt. Doch so artig Agor sich eben noch verhalten hatte, nun verfiel er plötzlich wieder ins Störrische.

Er trabte im Schritt, schmiss dabei die Vorderhufe so hoch, dass wir aufpassen mussten, dass er uns nicht damit erwischte.

„Der hat gedacht, es geht zurück auf die Weide", keuchte Julie. Scheinbar war es wirklich so, denn Agor führte sich schlagartig so wild auf, dass wir ihn kaum noch bändigen konnten.

Es geschah, als wir den Hof schon fast wieder erreicht hatten. Agor zog uns inzwischen mehr hinter sich her, als dass wir ihn führten. Ich streifte mit meiner rechten Schulter die vom heftigen Regen noch tief herunterhängenden Zweige eines Baumes. Prompt platschten mir dicke Tropfen in den Nacken.

„Ihhh“, quietschte ich.

Doch nicht nur ich hatte Wasser abbekommen, auch der eh schon kurz vorm Explodieren stehende Agor.

Er warf sich mit aller Wucht nach hinten, sodass Julie ins Stolpern geriet. Sie fiel zu Boden und verlor dabei die Zügel.

„Fritzi“, rief sie mir panisch zu. „Halt ihn bloß fest!“

Leichter gesagt als getan, denn jetzt verwandelte sich der Haflinger in ein echt wildes Rodeopferd. Er bockte und stieg, er rannte los, blieb stehen, bockte erneut und zog mich dabei wie eine willenlose Marionette hinter sich her.

Julie war inzwischen wieder auf die Beine gekommen. Zum Glück war ihr nichts passiert.

„Halt durch!“, rief sie. „Ich komme!“

Doch bevor Julie nach Agors Zügel greifen konnte,

hatte der schon eine astreine Hinterhandwendung hingelegt. So abrupt, dass ich chancenlos war.

Im gestreckten Galopp und noch immer wild buckelnd, raste Agor Richtung Hochlandweiden davon.

„Kacke!“, keuchte Julie neben mir, während wir dem Haflinger entsetzt hinterherstarrten. „Ben bringt uns um.“

Okay, das war natürlich übertrieben. Aber eins war sicher, wenn wir ohne Agor auf dem Fürstenhof auftauchten, gab es garantiert den Ärger unseres Lebens.

„Und nun?“, krächzte ich.

„Wir müssen ihm nachlaufen“, rief Julie. „Bestimmt ist er zurück zu den Weiden, dann haben wir ihn ruckzuck wieder eingefangen“, hoffte ich.

Also hetzten wir los, was sich in Gummistiefeln alles andere als einfach gestaltete, zumal meine mindestens eine Nummer zu groß waren.

Atemlos erreichten wir die Weiden. Doch von Agor war keine Spur zu sehen.

„Ich fass es nicht", schimpfte Julie. „Wo ist der dumme Kerl denn bloß hingerannt?"

Neben den Weiden verlief ein schmaler Weg. Er führte steil hinauf und machte nicht gerade den Eindruck, als ob er häufig von Fußgängern benutzt wurde.

„Vielleicht ist er dort entlang." Ich deutete mit der ausgestreckten Hand auf den schmalen Trampelpfad. „Bestimmt ist er am Gatter angekommen, und da es ja nun mal zu ist, er sich aber daran erinnert, dass es ganz nach oben geht, ist er dort hinaufgaloppiert", kombinierte ich.

Julie blickte mich skeptisch an. „Meinst du echt, dass der durchgeknallte Kerl so weit denken kann?"

„Einen Versuch ist es wert", fand ich.

„Stimmt", nickte Julie.

Der Pfad war nicht nur sehr steil, sondern auch vom heftigen Regen extrem rutschig. Schon nach wenigen

Metern hatte ich mich zweimal langgelegt. Außerdem war es inzwischen wieder richtig warm geworden, sodass ich beschloss, meine Regenjacke zurückzulassen.

„Wir kommen hier ja später sowieso wieder vorbei", sagte ich zu Julie, die daraufhin ihre Jacke ebenfalls auszog und zu meiner warf.

Am liebsten hätte ich die Gummistiefel auch zurückgelassen, aber barfuß wollte ich dann doch nicht laufen.

„Kacke! Kacke! Kacke!", fluchte Julie. „Ich bin so blöd! Ben hat inzwischen tausendprozentig mitge-

kriegt, dass wir mit Agor verschwunden sind. Ewig wird er Kaspar garantiert nicht longiert haben."

Ich hätte Julie gerne widersprochen, damit sie nicht allzu geknickt war. Doch was sollte ich auf eine Tatsache schon erwidern? Nichts! Also hielt ich den Mund und kämpfte mich weiter den schmalen Pfad hinauf.

Ziemlich weit oben entdeckten wir die Jungpferdeherde. Ich sah Pepper, der mit einem zweijährigen Haflinger Fellpflege machte, und vergaß einen Moment die Sorge um Agor.

„Schau mal, Julie, da ist Pepper", rief ich.

Julie blieb stehen. „Stimmt. Aber ganz ehrlich, Agor würde ich jetzt viel lieber sehen."

Doch leider blieb Julies Wunsch unerfüllt, wir fanden Agor nicht. Immer steiler führte der Pfad hinauf. Irgendwann ließen wir sogar die Weide hinter uns, die mir von unten schier endlos vorgekommen war – von Agor war weit und breit nichts zu sehen.

„Er ist weg, einfach weg, wie vom Erdboden verschluckt", jammerte Julie. „Und wer ist daran schuld? Natürlich ich!"

„Ich genauso", versuchte ich, meine Freundin zu

trösten, obwohl mir selbst inzwischen mehr als mulmig zumute war. Gar nicht mal wegen des Ärgers mit Ben, vielmehr hatte ich echt Sorge um Agor. Und wenn ihm nun etwas passiert war? Vielleicht war er überhaupt nicht die Alm hinaufgaloppiert, sondern runter in den Ort? Womöglich war er von einem Auto angefahren worden?

Nein, an so etwas durfte ich gar nicht denken. Ich durfte die Hoffnung nicht verlieren. Wir würden ihn finden. Ganz, ganz bestimmt!

Also kämpften wir uns weiter hinauf.

Wenn die Angst um Agor nicht inzwischen jede Faser meines Körpers beherrscht hätte, dann wäre ich bestimmt aus dem Schwärmen nicht mehr herausgekommen. Die Landschaft war wirklich einzigartig hier oben. Inzwischen waren wir so weit hinaufgelaufen, dass wir den Berggipfeln tatsächlich zum Greifen nah gekommen waren. In der Ferne entdeckten wir ein paar Höfe, ansonsten wirkte die Natur noch völlig unberührt. „Vielleicht sollten wir zu dem Hof dort hinten laufen?“, meinte Julie. „Könnte doch sein, dass sie Agor gesehen haben?“

Ich hatte eine andere Idee. „Hinter der nächsten Anhöhe haben wir bestimmt einen Blick über die ganze Alm bis hinunter ins Tal“, hoffte ich. „Wenn Agor hier oben ist, dann müssten wir ihn von dort aus sehen.“

Julie nickte. „Stimmt, das sollten wir auf jeden Fall probieren.“

Doch als wir schließlich völlig außer Atem und mit heftigen Seitenstichen den – wie wir dachten – höchsten Punkt erreicht hatten, mussten wir feststellen, dass es noch weiter hinaufging. Und von Agor war unter uns nach wie vor keine Spur.

„Kacke!“, japste Julie. „Ich fürchte, wir finden ihn nie.“

Das befürchtete ich inzwischen leider auch. Aber wir durften einfach nicht aufgeben!

„Schau mal, Julie, da ganz, ganz oben, das ist doch ein Haus, oder?!“

In Julies Augen funkelte es verdächtig. „Mag sein“, wisperte sie verzweifelt. „Aber was bringt uns das? Agor ist weg, einfach weg, vielleicht für immer. Und ich bin dafür verantwortlich.“

Nun brach meine Freundin wirklich in Tränen aus.

Ich nahm sie in den Arm und strich ihr beruhigend über den Rücken. „Bitte wein doch nicht, Julie. Alles wird gut, du musst nur fest daran glauben."

„Das sagst du doch nur so. In Wirklichkeit weißt du auch, dass wir Agor nicht finden", schluchzte Julie.

Ich umfasste ihre Oberarme und schob sie ein Stückchen von mir, sodass sie mir direkt in die Augen blicken musste. „Nein, ich sage das nicht *nur so.* Ich bin mir ganz sicher, dass wir Agor finden werden. Und wenn nicht hier oben, dann eben unten. Womöglich ist er längst zurück auf den Fürstenhof gelaufen? Ich meine, hier gibt es tausend Wege, die runter ins Tal führen. Kann doch sein, dass er direkt an uns vorbei ist, wir ihn aber nicht gesehen haben?!“

Julie schniefte: „Meinst du?“

Ich nickte. „Wir laufen jetzt noch bis zu dem Hof dort oben, und wenn die Agor nicht gesehen haben, gehen wir zurück ins Tal. Wir finden ihn, Julie, ganz, ganz bestimmt!“

Ein Haflinger konnte sich ja schließlich nicht in Luft auflösen. Irgendwo musste er sein. Irgendwer hatte ihn bestimmt gesehen.

Nein, Aufgeben war nichts für mich.

Basta!

8. Kapitel

Das Haus war kein Haus, sondern eine Hütte.

„Eine echte Almhütte. Wie bei Heidi“, sagte Julie.

„Heidi?“

Julie guckte mich erstaunt an. „Kennst du etwa nicht die Geschichten von Heidi und ihrem Großvater, dem Alm-Öhi?“

Ich schüttelte den Kopf.

„Peter und seine Ziegen? Clara und Fräulein Rottenmeier?“

Jetzt begriff ich endlich. „Ach, du meinst die Heidi aus dieser Zeichentrickserie?“

Julie verzog den Mund. „Na ja, ich habe die Bücher gelesen. Die haben schon meiner Mama gehört. Ich klopfe jetzt mal an und frage, ob sie Agor vielleicht gesehen haben“, fügte sie dann hinzu und ging entschlossen zu der urigen Hütte. Ich folgte ihr. Ein bisschen mulmig war mir schon zumute, als Julie gegen die Holztür pochte und wir darauf warteten, dass sich drinnen etwas regte. Doch als sich schließlich die Tür öffnete und ein älterer Mann mit langem weißem Bart vor uns stand, da konnte ich ihn nur baff anstarren.

„Der Alm-Öhi!", rief Julie. „Ich fasse es nicht."

Der ältere Mann lachte wie ein heiserer Grizzly. „Nein, der bin ich wirklich nicht."

Julie lief dunkelrot an. „Ähm, Kacke, ich meine, ähm, das ist mir nur so rausgerutscht ..."

„Schon gut", winkte der Nicht-Alm-Öhi großzügig ab. „Ihr seid nicht die Ersten, die mich so nennen."

„Echt?", staunte ich.

Der Mann nickte. „Meine Enkelin meint auch, ich hätte Ähnlichkeit mit Heidis Großvater."

„Aha", sagte ich – und dann erst mal eine Weile nichts. Bis mir endlich wieder einfiel, warum wir überhaupt an Alm-Öhis Hütte geklopft hatten.

„Entschuldigen Sie bitte, Herr ..."

„Ach nennt mich einfach Josef, das machen alle."

Ich nickte verwirrt und stammelte weiter: „Alsoähm-ja, Josef, haben Sie vielleicht einen Haflinger gesehen?"

„Einen sehr hellen Fuchs mit Sattel und Trense", fügte Julie endlich hinzu.

„Hab ich!", sagte Herr Josef, als ob es das Normalste der Welt wäre.

Julie strahlte wie tausend Wunderkerzen. „Und-und wo ist er hingelaufen? In welche Richtung?"

Herr Josef lachte sein raues Grizzlylachen und erklärte: „Saskia hat ihn zu den Ziegen gestellt."

„Saskia? Ziegen?", riefen Julie und ich zeitgleich.

„Na, dann kommt mal mit …", sagte Josef und trat aus der Tür.

Aufgeregt folgten wir ihm hinter die Hütte und trauten unseren Augen nicht: Mitten auf einer saftigen Wiese, umgeben von einer kunterbunten Ziegenherde, stand Agor und graste friedlich.

„Hallo", begrüßte uns ein blondhaariges Mädchen, das in etwa so alt war wie wir. „Dann gehört ihr wohl zu dem hübschen Kerl hier, was?!" Neben ihr hockte ein riesiger Hund mit dicker Sabberschnauze – ein Bernhardiner!

„Agor!“, rief Julie erleichtert aus. „Gott sei Dank.“

„Er ist uns ausgebüxt“, erklärte ich dem Mädchen.

„Das dachte ich mir schon. Ich bin übrigens Saskia und das hier ist Benno.“ Sie deutete auf den großen Bernhardiner neben sich, der uns nicht aus den Augen ließ, aber sich auch keinen Zentimeter von der Stelle rührte.

Inzwischen waren wir nämlich über das kleine Gatter zu Agor auf die Weide geklettert und tätschelten ihm erleichtert den Hals – wovon er sich aber in keiner Weise beim Grasen stören ließ.

„Ich bin Julie und das ist meine Freundin Fritzi. Wir sind mit meinem Papa Ben unten auf dem Haflingergestüt Fürstenhof. Dorthin gehört Agor eigentlich auch. Aber er ist uns abgehauen.“

Saskia grinste. „Was für ein frecher Kerl. Aber ich glaube, er wollte einfach nur grasen.“

„Und dazu musste er ganz nach oben auf die Alm abhauen?“, erwiderte Julie und verzog missmutig den Mund.

Saskia grinste noch breiter. „Hier oben ist das Gras am saftigsten. Das wissen auch die Haflinger.“

Ich nickte ihr zu, weil Julie einfach nur dastand und nichts mehr sagte. „Auf jeden Fall vielen, vielen Dank, dass du dich um ihn gekümmert hast“, fügte ich noch hinzu.

„Ehrensache!“, meinte Saskia.

„Verrätst du uns noch, wo du seinen Sattel und die Trense hingetan hast?“, bat ich sie.

„Ach, wollt ihr euch etwa gleich wieder auf den Weg machen?“ Saskia klang erstaunt. „Ich dachte, wir trinken noch ein Glas Limonade zusammen. Opa macht nämlich die beste der Welt.“

„Wirklich gerne", sagte nun Julie, die endlich ihre Stimme wiedergefunden hatte. „Aber mein Papa macht sich sicher schon Sorgen. Er weiß ja nicht, dass uns Agor ausgebüxt ist."

„Ach so", erwiderte Saskia hörbar enttäuscht. Dann verschwand sie Richtung Hütte und kam kurz darauf mit Agors Sattel und Trense zurück.

Gemeinsam sattelten wir Agor und führten ihn dann von der Weide. Der sonst so widerspenstige Haflinger folgte uns lammfromm. Womöglich hatte ihm seine Flucht selbst einen kleinen Schrecken eingejagt. Oder er hatte sich in der Ziegenherde nicht besonders wohlgefühlt – schließlich sprechen Pferde und Ziegen nicht dieselbe Sprache. Wie auch immer, er war wie ausgewechselt. Dennoch trauten Julie und ich dem Frieden nicht und hielten die Zügel und den Führstrick jeweils mit beiden Händen fest. Noch mal würde dieser durchgeknallte Hengst uns bestimmt nicht ausbüxen.

Als wir jedoch mit Agor um die Hütte herumkamen, stellte Josef sich uns in den Weg. „Ich fürchte, ich kann euch nicht gehen lassen", brummte er.

Ich zuckte erschrocken zusammen und Julie wirkte ebenso entgeistert. „Was soll das heißen?“

Josef deutete mit der ausgestreckten Hand hinter uns. „Da braut sich ein schlimmes Unwetter zusammen. Viel zu gefährlich, um jetzt ins Tal abzusteigen.“

Tatsächlich, der Himmel hatte sich in eine schwarze Wand verwandelt.

„Aber das ist doch noch ganz weit weg“, meinte Julie. „Bis das kracht, sind wir längst wieder auf dem Fürstenhof.“

Josef schüttelte den Kopf. „Nein, da täuschst du

dich. Hier oben geht das ruckzuck und schon ist man mitten im schlimmsten Unwetter. Ich fürchte, ihr müsst so lange warten, bis es vorüber ist."

Ich klappte den Mund auf, um ihm zu erklären, dass das auf gar keinen Fall ginge. Ben würde bestimmt inzwischen vor Sorge um uns fast durchdrehen! Doch da grollte es plötzlich so bedrohlich über uns, dass mir die Worte im Hals stecken blieben.

„Okay", sagte Julie hörbar eingeschüchtert. „Dann bleiben wir lieber hier und warten, bis das Gewitter vorbei ist."

Saskia war bestimmt die Einzige, die das richtig freute, denn sie rief fröhlich: „Super! Dann kommt schnell in die Hütte. Ich zeig euch meinen urigen Schlafboden. Und Opa kann Waffeln backen, die sind tooootal lecker."

Während wir Agor zurück auf die Weide brachten, fielen schon die ersten Regentropfen. Schnell liefen wir in Josefs Hütte.

„Wow, das ist ja schön hier", staunte Julie. „Und richtig viel Platz. Hätte ich von außen gar nicht gedacht."

Josef lachte. „Tja, hier gibt es alles, was man zum Leben braucht – und sogar noch etwas mehr, nämlich herrliche Ruhe."

Julie nickte beeindruckt. Doch dann fiel ihr etwas ganz anderes ein. „Darf ich wohl mal telefonieren? Ich möchte meinem Papa Bescheid sagen, dass mit uns und Agor alles in Ordnung ist."

Doch zu unserer Überraschung schüttelte Josef den Kopf. „Das tut mir leid, aber ich habe kein Telefon."

„Was?", rief Julie ungläubig.

„Ich schimpfe auch immer mit Opa. Wenigstens ein Handy könnte er sich ja mal zulegen. Aber er will einfach nicht." Saskia bedachte ihren Opa mit vorwurfsvollen Blicken. „Jetzt haben wir's: Weil du nichts von Technik hältst und ich mein Handy auch nicht mitbringen darf, müssen die beiden nun hier tatenlos rumhocken."

Josef zuckte nur mit den Schultern und verschwand dann in seiner winzig kleinen Küche.

„Und nun?", fragte ich Julie.

„Na ja, warten wir eben das Gewitter ab. Ewig kann es ja nicht dauern."

Doch das Gewitter *dauerte ewig.* Es stürmte und krachte, es blitzte und schepperte. Ein paar Mal so heftig, dass wir erschrocken die Köpfe einzogen.

Trotz allem war es in der Hütte wirklich urgemütlich. Nachdem Julie und ich uns damit abgefunden hatten, dass wir hier so bald nicht wegkommen würden, quatschten und lachten wir mit Saskia. Sie war wirklich nett und Josef konnte nicht nur tollen Kakao und superleckere Waffeln machen, er war auch ein erstklassiger Geschichtenerzähler. Er berichtete uns von seinen durchgeknallten Ziegen, wie das Leben hier oben auf der Alm so ablief und wie er mal für vier Wochen in der Großstadt gewohnt hatte und danach schnell die Flucht ergriffen hatte.

So bemerkten wir gar nicht, wie die Zeit verging, und erst recht nicht, dass es draußen immer dunkler wurde. Als der Regen endlich nachließ, der Wind aufhörte, wie verrückt zu pfeifen, und der Himmel sich beruhigt hatte, war es stockdunkel.

„Schöne Kacke, jetzt müssen wir wohl so lange warten, bis es wieder hell wird“, sagte Julie geknickt. „Der arme Ben.“

„Können wir denn überhaupt hier übernachten?", fragte ich Josef unsicher. „Stört Sie das nicht?"

Josef lachte. „Natürlich könnt ihr hierbleiben. Oben auf Saskias Schlafboden ist reichlich Platz."

„Auf jeden Fall", rief Saskia begeistert. „Ich hole euch gleich mal was zum Anziehen für die Nacht. Was ist euch lieber, Nachthemd oder Schlafanzug? Ich hab beides mit."

Ich zuckte die Schultern. „Mir egal."

Julie hingegen sagte nichts. Bestimmt machte sie sich schreckliche Vorwürfe wegen Ben. Ich trat neben sie und legte ihr den Arm um die Schulter. „Ich weiß, dass jetzt alles ziemlich doof ist, Julie. Aber es nützt nichts, wenn wir uns verrückt machen. Sobald es hell wird, sehen wir zu, dass wir ganz schnell runter auf den Fürstenhof kommen. Dann ist Ben bestimmt so erleichtert, dass er gar nicht mehr richtig sauer sein kann."

Julie nickte. „Du hast ja recht." Und nach einer kleinen Pause fügte sie hinzu. „Und eigentlich ist es ja auch total spannend. Ich meine, wann kann man schon mal in einer echten Almhütte übernachten?"

Ich grinste sie an. „So ist es und deshalb machen wir jetzt das Beste daraus."

Julie erwiderte mein Grinsen. „Abgemacht!"

Zu dritt lagen wir auf Saskias Schlafboden. Über uns leuchteten unzählige Sterne am nachtschwarzen Himmel. Es war so unbeschreiblich schön, die funkelnden Lichter durch die breite Dachluke zu betrachten, dass ich Ben, Agor, Pepper und den Fürstenhof fast vergaß.

„Und du besuchst deinen Großvater immer in den Ferien?", fragte Julie Saskia.

„Ja, immer! Seitdem ich ein Jahr alt bin. Früher sind Mama und Papa noch mitgekommen, aber mit der Zeit wurde es ihnen in der kleinen Schlafkammer zu ungemütlich."

„Ist es nicht etwas langweilig für dich?", wagte ich zu fragen. So schön es hier oben auch war, auf Dauer stellte ich mir das Ganze etwas eintönig vor.

Doch Saskia schüttelte wild den Kopf. „Nein, kein bisschen. Wir haben ja von morgens bis abends mit den Ziegen zu tun. Und im Winter ist es besonders schön. Wir sind dann völlig eingeschneit. Wenn ich mit der Schule fertig bin, möchte ich ganz zu Opa Josef ziehen. Ich liebe hier einfach alles."

Ich fand's beeindruckend, auch wenn diese Einsamkeit nichts für mich wäre. Garantiert nicht!

In dieser Nacht träumte ich schon wieder von Pepper. Wir waren im schlimmsten Schneegestöber unterwegs. Es war kalt, eisig kalt, und so weit das Auge reichte, weiß. Doch ich hatte keine Angst, denn Pepper kannte den Weg. Er führte mich sicher zu einer Hütte, in der wir von einem prasselnden Kaminfeuer empfangen wurden. Julie, Ben, Saskia und Josef waren auch dort. Keiner störte sich daran, dass Pepper sich zu uns an den Kamin gesellte.

Was für ein verrückter Traum.

9. Kapitel

Am nächsten Morgen wurde ich durch ein Rascheln neben mir wach.

„Hopp, hopp, Schnecke, es ist hell", flüsterte Julie mir zu.

Ich schoss in die Höhe und stieß mir prompt den Kopf an einem der dicken Balken. „Wo bin ich?", japste ich und rieb mir die Stirn.

Julie kicherte. „Auweia, du bist aber durch den Wind. Wir sind auf der Alm bei Saskia und Josef."

„Ähm, ja, klar doch", stammelte ich, während langsam die Erinnerung zurückkam.

„Zieh dich schnell an und komm runter. Josef besteht darauf, dass wir noch was frühstücken, bevor wir zum Fürstenhof laufen."

Keine drei Minuten später hockte ich neben Julie an

dem kleinen Holztisch und verdrückte in Windeseile zwei große Semmelhälften mit Butter und Marmelade. Julie war ganz bleich, bestimmt dachte sie an das bevorstehende Donnerwetter von Ben.

„Er wird uns schon nicht den Kopf abreißen", flüsterte ich ihr zu.

Julie verzog das Gesicht. „Abwarten", murmelte sie.

Kurz darauf verabschiedeten wir uns von Josef und Saskia, die vorschlug, uns am nächsten Tag auf dem Fürstenhof zu besuchen.

„Super gerne", sagte Julie. „Es sei denn, Ben ist so übel drauf, dass wir direkt abreisen."

„Das kann ich mir nicht vorstellen, so nett, wie du von ihm erzählt hast. Und außerdem kann ich ja vorher anrufen", meinte Saskia.

Ich blickte sie erstaunt an. „Anrufen? Wie denn? Ich dachte, du hast dein Handy nicht hier?!"

Saskia zog den Kopf ein. „Ähm ... na ja, ich wollte es euch sagen, wirklich ..."

„Du hast uns einfach angelogen?" Julies Stimme überschlug sich fast vor Ärger. „Warum?! Mein Papa ist bestimmt durchgedreht vor Sorge um uns. Und ich hab die halbe Nacht wach gelegen, weil ich immerzu an ihn denken musste."

Saskias Gesicht hatte sich dunkelrot verfärbt. „Ich dachte, dann würdet ihr gleich abgeholt werden, und ich wollte doch unbedingt noch ein bisschen Zeit mit euch verbringen. Außerdem möchte mein Opa wirklich nicht, dass ich ein Handy mitbringe, darum verstecke ich es immer vor ihm. Tut mir echt leid, das war wirklich dumm von mir ..."

„Das kannst du wohl laut sagen", knurrte Julie.

Josef, der gerade noch mal in die Hütte zurückgegangen war und nun mit einem kleinen Baumwollbeutel zurückkam, bemerkte natürlich sofort, dass irgendetwas nicht in Ordnung war.

„Was ist denn passiert? Habt ihr euch gestritten?"

„Nein, kein Streit. Alles ist gut", behauptete ich schnell, während ich Julie eindringlich ansah. Trotz allem wollte ich nicht, dass sie Saskia verpetzte.

Julie zuckte die Schultern und murmelte: „Ja, alles gut. Aber jetzt müssen wir wirklich los."

Als wir mit Agor in der Mitte abzogen, rief Saskia uns hinterher: „Was ist denn jetzt mit morgen?"

Ich drehte mich um und rief zurück: „Klar, komm vorbei."

„Spinnst du", zischte Julie mir zu. „Was sollen wir denn mit der? Die hat doch 'nen Knall. Hat ein Handy und verschweigt es einfach. Wie blöd ist das denn?!"

Natürlich hatte Julie recht. Aber vielleicht war Saskia ziemlich einsam dort oben. Klar sagte sie, dass sie es liebte und später sogar immer dort leben wollte. Aber irgendwie hatte ich das Gefühl, dass sie es nur ihrem Großvater zuliebe behauptete.

„Ist ja jetzt auch egal, Julie, wir sind bald unten auf dem Fürstenhof und dann kümmern wir uns erst mal um Ben. Wird schon alles gut werden“, hoffte ich.

Doch es sollte alles ganz anders kommen. Ganz, ganz anders.

Als wir nämlich mit dem total artigen Agor auf dem Hof ankamen, stand da unübersehbar Papas Auto. Daneben ein Polizeiwagen.

„Herrje, mein Papa ist hier“, würgte ich.

„Und die Polizei auch“, krächzte Julie.

Doch damit nicht genug. Im nächsten Moment hörte ich Mama rufen: „Fritzi. Gott sei Dank, da seid ihr

ja." Sie war also auch mit nach Traunstein gekommen. Selbst mit gebrochenem Fuß! Auweia!

Im Nu waren wir von Ben, den Guggemoos, Mama, Papa und zwei Polizisten umringt.

Mama heulte vor Erleichterung. Und Papa drückte mich ununterbrochen an sich und sagte immer wieder: „Zum Glück ist euch nichts passiert. Zum Glück ist euch nichts passiert."

Ben hielt Julie ebenfalls ganz fest an sich gedrückt, küsste ihre Haare, strich ihr über den Rücken und war sichtbar erleichtert.

Herr Guggemoos nahm uns Agor ab und brachte ihn rüber zum Stall, wo dieser schon sehnsüchtig von Kaspar erwartet wurde. Danach regelte er die Angelegenheit mit den beiden Polizisten, die wohl gerade erst von Ben verständigt worden waren.

Nachdem sich alle etwas beruhigt hatten, Mamas Tränen getrocknet waren und Papa endlich aufgehört hatte, mich an sich zu drücken, als ob er eine Briefmarke aus mir machen wollte, wurden die Gesichter der Erwachsenen plötzlich ernst. Oje, jetzt gab es doch noch richtig Ärger!

„Was habt ihr euch bloß dabei gedacht?“, schimpfte Ben. „Ohne Kommentar einfach wegzugehen! Ihr wusstet doch, wie schwierig Agor ist. Und dann finden wir noch eure Jacken an den Weiden. Was sollten wir denn denken? Dass ihr von Agor mitgerissen wurdet, irgendwo abgestürzt seid?“ Bens Stimme hörte sich an, als hätte er einen dicken Kloß verschluckt, der ihm im Hals stecken geblieben war, und auch Mama begann wieder zu schluchzen.

Die Jacken, verdammt, an die hatte ich gar nicht mehr gedacht! Wie das ausgesehen haben musste!

„Wir-wir wollten dir doch nur mit Agor helfen“, verteidigte Julie uns kleinlaut. „Aber dann hat er sich losgerissen und ist uns weggelaufen. Wir sind ihm natürlich hinterher und haben ihn schließlich oben auf einer Almhütte gefunden. Gerade als wir wieder zurück zum Fürstenhof wollten, da hat es ganz doll angefangen zu stürmen. Der Josef hat gemeint, bei dem Unwetter könnten wir unmöglich runter ins Tal. Und dann war es plötzlich dunkel und wir mussten oben bei ihm und seiner Enkelin übernachten.“

„Und warum habt ihr nicht angerufen?“, wollte Ben

wissen. „Dann hätten wir nicht halb verrückt werden müssen vor Sorge, und deine Eltern, Fritzi, hätten nicht die ganze Nacht durchfahren müssen, um hierherzukommen."

„Weil Josef kein Telefon hat", sagte Julie. „Und Saskia kein Handy."

So einfach war das. Die ganze Wahrheit mussten die Erwachsenen nun wirklich nicht erfahren. Das würden wir mit Saskia ausmachen.

Mama und Papa blieben noch drei Tage in Traunstein. Zum Glück bestanden sie nicht darauf, dass ich vorzeitig mit ihnen zurückfuhr. Das wäre wirklich, wirklich doof gewesen.

Schließlich gab es noch jede Menge auf dem Fürstenhof zu tun.

Zunächst hatte Ben ja gemeint, wir sollten ihm auf gar keinen Fall mehr bei den beiden Junghengsten behilflich sein.

„Das habt ihr euch selbst verscherzt", sagte er streng, als wir verschlugen, ihm wenigstens beim Putzen zu helfen.

Mama war es schließlich, die Ben umstimmen konnte. „Ich glaube, die Mädchen haben ihre Lektion gelernt", meinte sie am Tag vor ihrer Abreise. „Ich seh das inzwischen so: Wenn Fritzis und Julies unfreiwillige Hüttenübernachtung nicht gewesen wäre, dann hätte ich mit meinem Fuß nur zu Hause gehockt, und wir hätten bestimmt keinen Kurztrip in die Berge unternommen."

„Das freut mich ja auch für euch", brummte Ben. „Dennoch haben sich die beiden nicht an meine Anweisung gehalten und im Umgang mit jungen Pferden kann so etwas wirklich gefährlich sein – für Mensch und Tier."

Das leuchtete Mama zwar ein, aber sie blieb dabei. „Letztendlich wollten sie dir helfen. Ich bin der Meinung, das solltest du berücksichtigen."

Nach diesem Gespräch ließ Ben uns noch einen ganzen Tag zappeln, bevor er schließlich meinte, dass wir Agor und Kaspar putzen und für ihn satteln durften. Und ein bisschen in der Halle herumführen durften wir die beiden Dreijährigen auch.

Julie und ich waren heilfroh darüber. Nur zuzugucken, das wäre am Ende nämlich ziemlich langweilig gewesen.

Seit Agors kleinem Abstecher hoch auf die Alm war der Haflingerhengst wie ausgewechselt. Plötzlich hatte Ben ganz leichtes Spiel mit ihm. Er ließ sich total entspannt satteln, Ben konnte in Ruhe aufsteigen, es gelang ihm sogar, Agor außen auf dem Hufschlag herumzureiten. Natürlich fehlte es beiden Pferden noch gewaltig an Balance, aber in so kurzer Zeit konnte man das ja auch nicht erwarten.

Als Ben Agor am vorletzten Tag unseres Aufenthalts in Traunstein sogar ganz locker angaloppiert bekam, flüsterte Julie mir zu: „Und weißt du, wem Ben das zu verdanken hat?"

Ich zuckte mit den Schultern. „Na ja, sich selbst, oder was meinst du?"

„Uns!"

Ich verstand nicht. „Aber wir putzen und satteln Agor doch nur für Ben."

Julie meinte jedoch etwas ganz anderes. „Wenn Agor uns nicht abgehauen wäre, dann hätte er niemals die Ziegen vom Alm-Josef kennengelernt. Ich bin mir sicher, die haben ihm ordentlich den Kopf gewaschen."

Ich zeigte Julie einen ausgiebigen Piepvogel. „Du spinnst echt total." Aber lachen musste ich über Julies verrückte Theorie dennoch.

Einen Tag vor unserer Abreise überschlugen sich dann die Ereignisse. Am Morgen konnte Ben den neuen Besitzern von Agor und Kaspar zwei gut angerittene Pferde übergeben, womit vor zwei Wochen bestimmt nicht zu rechnen gewesen war. Anschließend verzog er sich den ganzen Nachmittag mit seinem Handy in das Büro von Herrn Guggemoos.

Julie versuchte herauszufinden, warum Ben Dauertelefonate führte, doch ihr Papa ließ sie eiskalt abblitzen und tat dabei sehr geheimnisvoll.

Erst beim Abendessen ließ er schließlich die Bombe platzen: Er hatte unter seinen Kunden tatsächlich Interessenten für den Fürstenhof gefunden. Natürlich gab es noch viele Dinge zu besprechen und zu regeln, aber Ben war sehr zuversichtlich, dass es klappen würde.

„Und was wird aus den Guggemoos?", wollte ich

wissen. Der Gedanke, dass die beiden von ihrem Hof runtermussten, gefiel mir gar nicht.

„Sie bleiben natürlich hier auf dem Hof wohnen. Damit ist der potenzielle neue Besitzer mehr als einverstanden."

Wow, ich hatte es ja gewusst – manchmal ist das Leben so süß wie Zuckerwatte und man kommt auch ohne Bauchschmerzen davon!

Und es sollte noch besser werden: Als wir mit dem Abendessen fertig waren, klopfte es an der Tür.

„Nanu? Wer kann denn das noch sein?", wunderte sich Frau Guggemoos. Als sie die Tür öffnete, stand eine furchtbar verlegene Saskia davor.

„Was will *die* denn hier?", zischelte Julie hinter mir, aber ich stieß meiner Freundin den Ellbogen in die Seite und bat Saskia herein.

„Ich-ich wollte euch noch Tschüss sagen", murmelte Saskia verlegen. „Ich weiß doch, dass ihr morgen fahrt, und hab mich bis jetzt nicht auf den Hof getraut. Es tut mir sooo leid, also die Sache mit dem Handy und alles."

„Ach, Schwamm drüber!", sagte Julie da zu meiner

großen Überraschung und zog Saskia ein bisschen zur Seite. Ich verstand, die Erwachsenen sollten ja nichts von dem Handy-Dilemma mitbekommen.

„Ich hab euch etwas mitgebracht", redete Saskia jetzt etwas erleichterter weiter. Sie zog zwei geflochtene Leder-Armbänder aus der Tasche, die sie mit gepressten Blumen verziert hatte. „Die habe ich selbst gemacht", fügte sie noch hinzu und wurde plötzlich knallrot.

Jetzt breitete sich ein echtes Grinsen auf Julies Gesicht aus. „Cool! Die passen farblich genau zu meinen Westernstiefeln. Danke, Saskia! Du musst uns irgendwann mal auf der Eagle-Free-Ranch besuchen kommen. Da gibt's auch ganz viel weites Land. Nur nicht mit solchen Monster-Bergen."

Jetzt war Saskia richtig baff und konnte nur mit hochroter Birne nicken. Ach, das war typisch für Julie. Sie konnte echt aufbrausend sein, aber wenn sie jemandem etwas verzieh, dann meinte sie es auch absolut ehrlich.

„Und wenn du hier bist, dann besuchst du Pepper und gibst ihm ein Leckerli von mir", ergänzte ich. „Und kraul ihn bitte hinter den Ohren, das mag er total gerne."

„Versprochen!", sagte Saskia. „So genau, wie du ihn beschrieben hast, werde ich ihn auf der Weide wohl kaum verfehlen."

„Abgemacht!", rief Julie aus. „Und wenn es vorher nicht klappt, treffen wir uns spätestens nächstes Jahr. Dann holen wir Pepper und Sandrino wieder ab und bleiben bestimmt ein paar Tage auf dem Fürstenhof."

„Vielleicht kann ich ja wieder mitkommen?“, hoffte ich.

Julie grinste mich breit an. „Natürlich. Ich meine, schließlich ist Pepper dein Pferd.“

Ich zeigte ihr einen Vogel. „Was du immer redest …“

Aber ganz tief in mir drinnen, dort, wo die Träume entstehen, die Hoffnung immer mehr anwächst, da wollte ich Julie glauben.

In meiner Fantasie war Pepper mein Pferd. Schon immer und garantiert für alle Ewigkeiten.

Wo die Haflinger zu Hause sind …

Im neusten „Fritzi Pferdeglück"-Abenteuer führt es Fritzi und Julie dorthin, wo der Haflinger ursprünglich herkommt: auf die Hochalm.

An diesem Ort hat Lucie May vor einigen Jahren einen wunderschönen Urlaub in der Nähe des Haflingergestütes „Fürstenhof" verbracht – in Hofberg bei Traunstein, in direkter Nähe des Chiemsees. Eine herrlich realistische Vorlage für „Fritzi Pferdeglück".

Ob Lucie May bei ihren Recherchen auch den Alm-Öhi getroffen hat, das bleibt allerdings ihr Geheimnis. Doch so viel ist sicher: die Zeit ganz, ganz weit oben bei den Haflingern ist für die Autorin bis heute unvergesslich geblieben.

Wer mehr über die Haflinger auf der Hochalm erfahren möchte, der kann das unter anderem hier:

www.haflinger-hochberg.de

Diese Dinge solltet ihr auf jeden Fall über Haflinger wissen:

Der Haflinger strahlt durch sein lebhaftes und unbekümmertes Wesen viel Charme aus.

Einige schauen geradezu verschmitzt drein. Das kräftige und robuste Allroundpony ist absolut gutmütig, stark und super anhänglich.

Wenn ein Haflinger allerdings falsch oder gar schlecht behandelt wird, kann er ziemlich bockig und eigensinnig werden. Und das ist auch gut so!

Fritzi Pferdeglück

Wildpferde suchen ein Zuhause

1. Kapitel

Draußen goss es in Strömen. Dazu pfiff der Wind mit einer solchen Kraft durch unseren Garten, dass die schweren Teakholzstühle von der Terrasse gefegt wurden und auf dem Rasen landeten.

Ich stand neben Mama am Wohnzimmerfenster und starrte auf das Chaos. Doch während Mama sich Sorgen um ihre teuren Stühle machte, konnte ich nur an meine Verabredung mit Chiara denken. In einer halben Stunde wollten wir uns beim Kiosk an der Ecke treffen und dann zusammen zum Kronsberghof radeln.

„So können wir doch auf gar keinen Fall mit dem Fahrrad in den Stall fahren", murmelte ich.

Mama schenkte mir einen vorwurfsvollen Blick. „Also wirklich, Fritzi, du hast vielleicht Probleme.

Unsere schönen neuen Stühle fegen durch den Garten und du denkst mal wieder nur an deine Pferde."

Ich sah sie verwundert an. „Na ja, für die Stühle kann ich eh nichts mehr tun."

In diesem Moment klingelte es an der Haustür.

„Ich geh schon", erklärte ich und flitzte los.

Als ich die Tür schwungvoll aufzog, stand Ben vor mir. Einfach so. Als ob der tobende Frühjahrswind ihn von Staaken direkt hierhergeweht hätte.

„Be-Ben … was-was-was machst du denn hier?" Ich war noch platter als jede Flunder.

Ben war der Papa meiner besten Pferdefreundin Julie und wohnte gut drei Fahrstunden entfernt von uns. Deshalb war es ein echter Knaller, dass er so plötzlich vor unserer Tür stand.

„Fritzi, ich freue mich auch, dich zu sehen." Grinsend umarmte Ben mich.

Mama kam zu uns an die Haustür.

„Oh, Ben, wie schön, da bist du ja schon. Komm doch herein."

„Mama, hast du etwa gewusst, dass Ben kommt? Und mir kein Wort davon gesagt?" Ich kam aus dem Staunen gar nicht mehr raus.

Mama verzog das Gesicht. „Meine Güte, ich werde wohl alt. Das hab ich doch tatsächlich vergessen, Fritzi." Sie lächelte mich entschuldigend an. In diesem Moment krachte draußen ein weiterer Stuhl auf den Rasen. Wumms! Mama zuckte zusammen. „Oh nein! Meine schönen Möbel!"

„Warte, ich hole sie eben rein!", rief Ben und stürzte sich schon wieder nach draußen in den Sturm, die Kapuze tief ins Gesicht gezogen.

„Sei vorsichtig!", rief Mama ihm noch hinterher,

aber da lief Ben schon durch unseren Garten und klaubte die Stühle auf.

Mit besorgter Miene stellte Mama sich wieder ans Wohnzimmerfenster, und ich zermarterte mir derweil den Kopf, was Bens plötzlicher Besuch bei uns zu bedeuten hatte. Schließlich war Ben noch nie zuvor einfach so bei uns zu Hause aufgetaucht.

Von Mama bekam ich keine Antwort – in den letzten paar Minuten hatte ich sie natürlich mindestens zehn Mal danach gefragt. Doch sie hatte mich einfach ignoriert. Komisch. Sehr, sehr komisch das Ganze.

Nach einer Weile hatte Ben draußen alles gesichert und Mama ließ ihn zur Terrassentür herein. Er war pitschnass, aber dennoch bester Laune.

„Vielen, vielen Dank, Ben", sagte Mama und reichte ihm ein großes Handtuch.

„Hast du trockene Sachen dabei oder soll ich dir etwas von meinem Mann geben?"

„Nein, ich kann schnell meine Reisetasche aus dem Auto holen. Ich fahre ja nachher noch nach Frankfurt weiter."

„Zu Julie?", hakte ich nach.

Ben nickte. „Ich helfe den beiden beim Packen.“ Plötzlich strahlte Ben übers ganze Gesicht. „Am Wochenende ziehen sie um.“

Nun kannte ich Ben schon eine ganze Weile. Aber so glücklich hatte ich ihn bestimmt noch nie lächeln gesehen.

Auch Mama war das wohl aufgefallen, und sie zwinkerte mir verschmitzt zu, als Ben mit seinen Sachen im Bad verschwunden war. „Ich freu mich so für Ben, dass seine Frau und Julie wieder zu ihm nach Staaken ziehen. Es ist doch wirklich schön für alle drei, dass sie nun wieder zusammen sind.“

Ich nickte. „Julie ist noch immer völlig aus dem Häuschen deswegen.“

Außerdem konnte sie nun täglich mit ihrer kleinen Stute Sunny zusammen sein.

„Verrätst du mir jetzt endlich, warum Ben hier ist, Mama?“, bettelte ich.

Mama grinste geheimnisvoll. „Papa kommt in einer Stunde aus der Praxis nach Hause. Dann erfährst du, was Bens Besuch bei uns zu bedeuten hat.“

Ach, du meine Güte, das klang ja spannend. So

spannend, dass ich mir sicher war, in einer Stunde vor Neugierde geplatzt zu sein.

Ich platzte nicht. Doch als Papa endlich nach Hause kam und sich zu uns an den Tisch setzte, kribbelte meine ganze Kopfhaut wie verrückt. Bens Besuch hatte irgendetwas mit mir zu tun. So viel hatte ich inzwischen herausbekommen.

„Dann wollen wir die arme Fritzi mal nicht länger auf die Folter spannen", meinte Mama.

In meinen Ohren begann es zu rauschen. Ich hatte wirklich keine Ahnung, nicht einmal den Pups einer Ahnung, was das Ganze zu bedeuten hatte.

Ben räusperte sich. „Also, liebe Fritzi, du hast schon richtig vermutet, dass ich nicht rein zufällig hier bei euch vorbeigekommen bin." Er stockte, sah erst Papa, dann Mama an, und als die nickten, fuhr er lächelnd fort. „Es ist nämlich so, dass deine Eltern und ich uns etwas überlegt haben."

„Aha", konnte ich nur machen. Mehr nicht. Denn plötzlich war ich so aufgeregt, dass meine Zunge am Gaumen pappte.

„Wie du ja weißt, werden Julie, ihre Mama und ich nun bald wieder zusammen auf der Eagle-Free-Ranch wohnen. Somit ist Julie auch immer da, um sich um Sunny zu kümmern. Und auch um den kleinen Pepper, wenn wir ihn am Ende des Sommers wieder nach Staaken holen."

Wie ich meine beste Freundin darum beneidete. So, so sehr. Pepper war mein allerliebstes Pferd auf Bens Ranch, denn ich hatte selbst dabei geholfen, ihn mit der Flasche aufzupäppeln.

Dennoch verstand ich nicht, was das alles mit mir zu tun hatte, doch da redete Ben schon weiter.

„Na ja, natürlich nur, wenn es dir recht ist, dass Julie sich um Pepper kümmert?"

„Warum sollte mir das denn nicht recht sein?", krächzte ich.

Mama und Papa grinsten. Was war hier los?

„Weil du ab heute die Besitzerin von Pepper bist", sagte Ben einfach so.

Ich lachte. „Hey, mit so was macht man doch keine Späße. Ich könnte nämlich noch glauben, dass es wahr ist, und dann wäre ich total traurig und enttäuscht, wenn ich kapiere, dass du mich nur veräppelt hast." Ben hatte manchmal wirklich einen sonderbaren Humor.

„Kein Spaß, Fritzi", sagte Mama. „Papa, Ben und ich sind zu dem Entschluss gekommen, dass aus Pepper und dir ein tolles Team werden könnte, und deshalb haben wir ihn dir gekauft. Pepper ist tatsächlich dein Pferd, Fritzi."

Ich bekam keine Luft. Und dann wurde mir auch noch kochend heiß. Und gleich darauf begann es in meinem Kopf zu schwirren. Total verrückt. Und dann hörte ich Mama, Papa und Ben lachen. Ganz wild. Immer lauter und dann rief Mama auf einmal: „Fritzi, hallo, Fritzi, aufwachen!"

Aber ich schlief doch gar nicht. Ich saß in der Küche am Esstisch und hatte gerade erfahren, dass meine Eltern mir Pepper gekauft hatten.

„Fritzi?!" Jemand rüttelte an meiner Schulter. Langsam öffnete ich die Augen und blickte direkt in Mamas Gesicht. Sie hatte sich halb über mich gebeugt. „Sag mal, du hast ja tief geschlafen. Du musst aufstehen, Schatz. Es ist schon Viertel vor sieben."

„Wo ist Ben?“, konnte ich nur wispern.

Mama machte große Augen. „Ich denke, in Staaken auf der Eagle-Free-Ranch. Aber mit Sicherheit kann ich dir das natürlich nicht sagen.“

„War er nicht hier bei uns?“

Mama schüttelte den Kopf. „Nein, mein Schatz. Das hast du wohl geträumt. So, und nun beeil dich bitte. Ich warte unten mit dem Frühstück auf dich.“

2. Kapitel

„Das Ganze war so echt, wirklich, Julie, ich hätte die Hand dafür ins Feuer gelegt, dass Ben uns besucht hat, um mir zu sagen, dass Pepper ab heute mein Pferd ist."

Ich hörte Julie am anderen Ende der Leitung kichern. „Oh, Kacke, du Arme. Und dann wachst du auf und alles ist nur ein Traum gewesen. Aber wer weiß …"

Ich stöhnte. „Julie, jetzt lass gefälligst deine doofen Andeutungen. Deshalb hatte ich bestimmt auch diesen völlig verrückten Traum. Ständig sagst du, dass Pepper mein Pferd wäre. Das nervt, weil er eben nicht mein Pferd ist und es auch niemals sein wird."

Julie sagte nichts. Na toll. War sie jetzt etwa auch noch beleidigt?

„Hallo? Julie, redest du mal wieder mit mir?“, motzte ich sie an.

„Ist ja schon gut. Musst doch nicht gleich so sauer werden.“

Hm … ich war gar nicht sauer. Ich war noch immer total enttäuscht, dass ich nur geträumt hatte. Echt blöd.

„Tut mir leid“, seufzte ich. „Irgendwie bin ich heute neben der Spur. Wann kommt ihr mich abholen?“

„Ben meinte, wir fahren um zehn in Staaken los. Wenn es keinen Stau gibt, sind wir gegen eins bei dir. Aber wir rufen von unterwegs noch mal an.“

Julie und ich durften Ben für ein verlängertes Wochenende nach Dülmen zu den Wildpferden begleiten. Dort fand, wie in jedem Jahr am letzten Samstag im Mai, der traditionelle Wildpferdefang statt.

Dann wurden alle Junghengste einzeln und von Hand aus der Herde herausgefangen. Das war laut Ben für den Erhalt der Wildpferde wichtig, weil es sonst zu viele Rivalitäten in der Herde gab. Die Jährlinge wurden anschließend durch eine Versteigerung zum Kauf angeboten.

Ben wollte ein oder zwei Junghengste für die Eagle-Free-Ranch kaufen und im besten Fall gleich am Sonntag mit nach Staaken nehmen.

Am Montag hatte ich frei, weil an unserer Schule irgend so eine Lehrerfortbildung stattfand. Mama und Papa würden mich gegen Nachmittag dann wieder aus Staaken abholen.

Ich war schon seit Wochen total aufgeregt deswegen. Schließlich hatte ich noch nie zuvor Wildpferde gesehen, geschweige denn einen Wildpferdefang! Und bei einer Versteigerung war ich auch noch nie dabei gewesen.

Aber dieser doofe, doofe Traum wollte mir einfach nicht aus dem Kopf gehen.

„Ich freue mich wie verrückt“, rief ich trotzdem entschlossen ins Telefon.

„Da bin ich erleichtert, Fritzi-Schnecke. Du bist mir nämlich echt komisch vorgekommen. Ich dachte schon, du hättest keine Lust mehr.“

„Ich und keine Lust? Niemals. Bestimmt nicht“, versicherte ich meiner Freundin.

Als wir uns schließlich voneinander verabschiedeten, war alles wieder gut zwischen uns, und ich beschloss, diesen dusseligen Traum komplett aus meiner Erinnerung zu streichen. Jawoll!

Um zehn Minuten nach eins klingelte es endlich an unserer Haustür, und als ich sie schwungvoll aufzog, stand Ben grinsend vor mir. Und diesmal war es garantiert keine Einbildung.

Trotzdem fragte ich ihn: „Kannst du mich bitte mal kneifen?!“

Ben lachte. „Julie hat mir schon von deinem verrückten Traum berichtet.“ Er zwickte mir leicht in den Unterarm. „Und? Bin ich echt?“

Ich lachte verschämt – menno, Julie hätte Ben wirklich nicht davon erzählen müssen.

„Du siehst ziemlich echt aus …“, murmelte ich.

Im nächsten Moment kreischte Julie: „Fritzi, Fritzi, Fritzi, da sind wir!“

Sie riss mich stürmisch in ihre Arme und drückte mir tausend Beste-Freundinnen-Küsschen auf die Wangen.

„Und wir sind total echt. Kein Traum und so.“

„Dir erzähle ich nie wieder was“, beschloss ich. Aber das war natürlich nicht ernst gemeint.

Eine Viertelstunde später saßen wir in Bens schwerem Geländewagen nebeneinander auf der Rückbank, und ich winkte Mama zu, die in der Auffahrt immer kleiner wurde.

„So, Schnecke, und jetzt erzähl, was du in den letzten Wochen erlebt hast, seitdem wir uns nicht gesehen haben.“

Wir quatschten und lachten so ausgelassen, wie wir

es immer taten, wenn wir zusammen waren. Ben bat uns in regelmäßigen Abständen, nicht ganz so wild durcheinanderzuplappern. Er behauptete, er würde davon Ohrensausen kriegen.

„Tja, Ben-Papi", kicherte Julie. „Da musst du jetzt wohl durch."

Die Fahrt verging wie im Flug. Wir hatten noch nicht einmal sämtliche Neuigkeiten ausgetauscht, da meinte Ben auf einmal, dass wir am Ziel wären.

„Ups, wir sind doch gerade erst losgefahren!", wunderte sich auch Julie.

Ben lachte. „Wenn man so viel quatscht wie ihr beiden, dann kann es einem wohl so vorkommen."

Julie blickte aus dem Fenster. „Aber das sieht hier kein bisschen nach einem Wildpferdereservat aus."

Ich folgte ihrem Blick und war genauso erstaunt wie meine Freundin. Ben hatte sein Gespann auf einen großen geschotterten Parkplatz gelenkt, der, wenn mich nicht alles täuschte, zu einem Hotel gehörte.

„Das kommt daher, dass wir hier natürlich nicht im Merfelder Bruch sind, sondern auf dem Parkplatz unseres Hotels."

„Hotel?“, fragte Julie.

Ben nickte. „Ja, natürlich. Irgendwo müssen wir ja wohl übernachten. Oder wolltest du im Pferdeanhänger campieren?“

Julie verzog das Gesicht zu einer schiefen Grimasse. „Nö, bestimmt nicht. Aber ich dachte, wir sind das ganze Wochenende bei den Wildpferden. Du doch auch, Fritzi, oder?“

Ich nickte. „Ja, irgendwie schon.“

Ben seufzte. „Ich bin hier nicht als Trainer, sondern als ganz normaler Gast wie all die anderen, die an diesem Wochenende hierherkommen, um an der Versteigerung teilzunehmen.“

„Kacke“, sagte Julie. „Aber wir können doch schon vorher zu den Wildpferden. Nicht wahr?“

Erneut seufzte Ben. „Nein, erst morgen früh, wenn um halb neun die Rennbahn geöffnet wird.“

„Das ist ja doof“, fand Julie und sah jetzt richtig enttäuscht aus.

Ben schüttelte den Kopf. „Julie, das habe ich dir aber alles ganz genau so erklärt. Freitag reisen wir an, checken im Hotel ein, essen was Leckeres zusammen

und am Samstag geht es dann rüber zur Wildpferderennbahn."

Schmollend schob Julie das Kinn vor. „Trotzdem finde ich es total blöd."

„Tja, dann kann ich daran jetzt auch nichts ändern", meinte Ben und stieg aus dem Wagen.

Julie und ich blieben noch einen Moment auf dem Rücksitz und sahen uns ratlos an.

„Kacke", murmelte Julie zum zweiten Mal. „Und was machen wir jetzt?"

Ich zuckte die Schultern. „Na ja, jetzt machen wir es uns einfach so richtig schön gemütlich im Hotel und freuen uns auf morgen." Natürlich war ich auch enttäuscht. Aber es nützte ja nichts, wenn wir jetzt beide schmollend im Auto sitzen blieben.

„Oder wir statten den Wildpferden einen kleinen Besuch ab, und zwar ohne Ben."

Meine Freundin zwinkerte mir verschwörerisch zu.

„Ich weiß nicht", entgegnete ich. „Wir kennen uns doch hier gar nicht aus …"

Doch Julies eben noch so enttäuschtes Gesicht hatte sich bereits in ein unternehmungslustiges verwandelt. Ich kannte sie gut genug, um zu wissen, dass ich sie eh nicht von ihrem Plan abbringen konnte.

„Komm schon, Fritzi-Schnecke, gucken wird ja wohl nicht verboten sein."

„Aber wir klettern über keinen Zaun oder so was", sagte ich.

Julie nickte. „Ich schwöre!"

3. Kapitel

Vom Merfelder Hof, in dem wir wohnten, zur Wildpferdebahn war es ungefähr noch eine Viertelstunde Fußmarsch.

Zu Ben hatten wir nur gesagt, dass wir uns nach der langen Autofahrt ein bisschen die Beine vertreten wollten und spätestens zum Abendessen wieder im Hotel sein würden.

Da Ben gerade mit Julies Mama telefoniert hatte, ließ er uns ziehen, ohne uns mit weiteren Fragen zu löchern.

Wir trabten den Mühlenweg entlang und bogen dann nach links ab. Julie hatte sich die genaue Wegbeschreibung vorher auf der Karte angesehen, dennoch war ich total baff, dass sie so locker hierher gefunden hatte.

„Man kann nicht einfach so auf das Gelände gehen", erklärte sie, als wir nun direkt vor einem lang gezogenen Gebäude standen. „Aber gleich hier hinter dem Haus befindet sich das Reservat. 400 ha Land und genauso viele Wildpferde, irre oder?"

„400 Pferde in freier Wildbahn?"

Julie nickte wie ein Wackeldackel. „So stand es zumindest in dem Flyer, den Ben mir gegeben hat."

„Und was stand da noch so drin?"

Julie kratzte sich nachdenklich am Kinn. „Na ja, dass die Landschaft hier echt unterschiedlich sein kann: Moor, Heideflächen, Nadel- und Eichenwälder. Und auf dem ganzen weiten Gelände sind die Tiere quasi sich selbst überlassen."

„Wie jetzt", staunte ich. „Die werden nicht mal gefüttert?"

Julie schüttelte den Kopf. „Nö, nur wenn es im Winter ganz heftig wird, dann finden sie wohl an verschiedenen Futterstellen Heu. Ansonsten folgen die Tiere komplett ihrem Instinkt. Sie finden ihr eigenes Futter, und wenn das Wetter richtig kalt und eklig wird, dann ziehen sie sich in den Wald zurück."

Ich staunte nicht schlecht. „Ich stelle mir gerade die Pferde auf dem Kronsberghof vor. Ich schätze mal, wenn man die hier einfach so laufen lassen würde, dann wären die schon bald verhungert. Die sind das doch gar nicht gewohnt, sich selbst was zum Fressen zu besorgen."

Julie zuckte die Schultern. „Kann gut sein. Schließlich haben wir Menschen ihnen quasi ihren Instinkt abtrainiert und sie auch irgendwie verweichlicht."

Ich nickte. „Ja, so ist es wohl."

Eine Weile standen wir unentschlossen vor dem Gebäude herum. Jetzt waren wir zwar direkt vor dem Reservat, dennoch konnten wir weit und breit kein Wildpferd entdecken.

Schöne Pleite.

Allerdings wuselten hier ziemlich viele Leute herum. Sie waren damit beschäftigt, für den morgen stattfindenden Wildpferdefang alles Mögliche aufzubauen und herzurichten.

„Vielleicht sollten wir versuchen, von einer anderen Seite auf das Gelände zu kommen? Oder zumindest so nah an das Reservat ran, dass wir einen Blick auf die Herde werfen können“, schlug Julie vor. „Hier ist gerade viel zu viel los …“

Ich nickte, aber irgendwie hatte ich auch ein komisches Gefühl. „Oder wir gehen wieder zurück ins Hotel und freuen uns auf morgen.“

Julie schüttelte wild ihren Kopf. „Nö, bestimmt nicht. Ich will unbedingt Wildpferdeluft schnuppern.“ Sie streckte ihre Nase in die Luft und schnüffelte wie ein Hund. „Nichts, nur langweiliger Menschenduft.“

Ich lachte und der Knoten in meinem Bauch löste sich wieder. „Du hast ’nen Knall, Julie. Aber das ist ja nichts Neues für dich.“

Sie streckte mir die Zunge heraus. „Ihhh, bist du oberfies.“

„Aber klar doch. Deshalb magst du mich ja auch so gern.“

Nun kicherte Julie. „Und eingebildet bist du dazu auch noch. Wie schreeecklich.“

„Das habe ich alles von dir gelernt!“

Hinter uns hupte ein Auto. Erschrocken zuckten wir zusammen und sprangen schnell zur Seite. Gleich darauf fuhr ein großer Lieferwagen an uns vorbei.

„Mannomann, die bauen hier ja ganz schön gewaltig was für morgen auf“, staunte Julie.

„Hauptsache, man sieht vor lauter Würstchengrills, Crêpes-Ständen, Getränkebuden und vor allem Zuschauern die Wildpferde dann noch“, überlegte ich laut.

Julie rieb sich die Nase. „Ich finde, wir sollten das einfach mal als Wink des Himmels betrachten. Auf

jeden Fall ist für mich jetzt noch klarer, dass wir unbedingt heute – also jetzt sofort und auf der Stelle – Wildpferde zu sehen bekommen müssen."

Ich nickte. „Wo du recht hast, da hast du so richtig recht."

„Na dann, Schnecke, auf geht's", rief Julie unternehmungslustig. „Lass sie uns mal suchen, die Dülmener Wilden."

Ich streckte die geballte Faust in die Luft. „Genau, nichts kann uns aufhalten!"

Kichernd trabten wir zur Straße zurück und hielten Ausschau nach einem weiteren Zugang zum Gelände, an dem vielleicht etwas weniger los war. Doch unser Vorhaben stellte sich als alles andere als einfach heraus.

Wir hatten zwar total locker vom Hotel hierher gefunden, aber nun schien unser Plan irgendwie in einer Sackgasse zu enden.

„Okay, bis zur nächsten Ecke gehen wir noch", schlug Julie vor. „Sollten wir dann noch immer keinen Eingang gefunden haben, dann kehren wir um. Abgemacht?"

Ich nickte. Schließlich konnten wir nicht ewig hier herumrennen.

Doch kaum waren wir drei Schritte weiter gegangen, da hielt Julie mich am Ärmel fest. „Hier, Fritzi, guck mal die Abzweigung, ich glaube, hier könnten wir Glück haben. Vielleicht gelingt es uns dort hinten, wenigstens einen Blick auf die Pferde zu werfen?!"

Ich betrachtete die schmale betonierte Straße, auf die Julie deutete. Sie führte mitten durch ein großes Waldstück.

Ganz weit in der Ferne sah es so aus, als ob sie an einer großen Koppel enden würde.

„Einen Versuch ist es wert", stimmte ich meiner besten Freundin zu.

Doch wir liefen und liefen und die Straße nahm einfach kein Ende. So stellte ich mir das in der Wüste vor, wenn man kurz vorm Verdursten plötzlich eine Fata Morgana entdeckte und sich hoffnungsvoll mit allerletzter Kraft immer weiter vorwärtsschleppte. Und am Ende erreichte man gar nichts, weil das Ziel leider nur heiße Luft war.

Echt, echt doof.

„Julie, ich schätze, es ist zwecklos", keuchte ich nach einer halben Ewigkeit. „Wer weiß, wie lang der Weg noch ist und ob er am Ende überhaupt zu dem Reservat führt!"

Julie nickte. „Ja, voll blöd, aber ich schätze, du hast recht. Das wird wohl heute nichts mehr mit den Wildpferden und uns." Sie rümpfte die Nase. „Außerdem vermisst uns Ben inzwischen bestimmt schon. Wir sind ja jetzt schon superlange unterwegs." Sie warf einen Blick auf ihre Armbanduhr und bekam große Augen.

„Kacke. Es ist gleich sechs Uhr. Ben hat gemeint, um halb sieben wollen wir zusammen im Hotel Abendbrot essen."

„Auweia, das schaffen wir doch niemals mehr. Selbst wenn wir laufen", prophezeite ich.

Julie zuckte die Schultern. „Wir sagen Ben einfach, dass wir uns verlaufen haben", schlug sie vor. „Und das ist ja noch nicht einmal gelogen."

Ich nickte. Warum genau wir uns verlaufen hatten, mussten wir gegenüber Ben ja nicht unbedingt erwähnen.

Schweigend trotteten wir den Weg wieder zurück. Mir schossen alle möglichen Dinge durch den Kopf. Irgendwie wollte gerade nichts so richtig hinhauen. Alles war kompliziert, und das erste Mal, seitdem Julie und ich uns kannten, herrschte zwischen uns nicht ununterbrochen diese fröhliche und unbeschwerte Beste-Pferdefreundinnen-Stimmung. Wir waren beide zwar wahnsinnig bemüht, aber so oder so war es diesmal ganz anders.

Nach einigen schweigenden Metern räusperte Julie sich schließlich. „So eine Kacke. Ich habe mir das Ganze irgendwie viel spannender vorgestellt. Ich meine, wir reden schließlich von Wildpferden, da ist es doch automatisch so, dass …"

Mitten in Julies Satz hinein begann es im Unterholz direkt neben uns laut zu knacken, sodass Julie abrupt verstummte und wir beide wie angewurzelt stehen blieben.

„Hast du das auch gehört?", flüsterte sie.

Ich nickte. „Ja, klar doch. Was das wohl war? Vielleicht ein Reh, das durch den Wald läuft."

Julie verzog das Gesicht. „Hoffentlich ist es kein

Wildschwein, die können nämlich richtig gefährlich werden."

Ich war noch dabei, mir gedanklich einen Plan zurechtzulegen, was wir im Falle eines Wildschweinangriffs am besten tun konnten, da brach ein großes graues Tier aus dem dichten Dickicht des Waldes hervor.

Als es mit den Vorderhufen auf dem Asphalt aufkam, rutschte es weg und knallte auf die Seite.

„Ach, du Kacke", krächzte Julie. „Das-das ist ein Pferd."

4. Kapitel

Julie und ich waren so perplex, dass wir zunächst einfach nur dastanden und guckten. Erst als das Pferd sich wieder aufgerappelt hatte, kehrte auch in unsere Körper das Leben zurück. Doch da hatte sich das Tier längst wieder in Bewegung gesetzt und trabte den betonierten Weg hinunter.

„Meine Güte, Fritzi, siehst du, wie es lahmt?!", rief Julie erschrocken.

Ich nickte. „Bestimmt hat es sich bei dem Sturz schlimm wehgetan."

„Dem Aussehen nach ist das ein Dülmener Wildpferd. Und zwar ein Jährling, so kurz, wie der Schweif noch ist."

„Aber ich dachte, das ganze Gelände sei eingezäunt?", wunderte ich mich. „Die können hier doch unmöglich frei herumlaufen. Wenn es in die andere Richtung getrabt wäre, dann würde es jetzt direkt auf die Straße zusteuern."

„Vielleicht ist es irgendwo durch den Zaun gebrochen oder rübergesprungen", überlegte Julie. „Aber eigentlich ist das jetzt auch völlig egal. Das arme Pferd ist verletzt und braucht Hilfe!"

Wir sahen uns kurz an und wussten, ohne es laut aussprechen zu müssen, was zu tun war. Im nächsten Moment rannten wir auch schon los.

Nach wenigen Metern hatten wir das Tier fast eingeholt. Es schien tatsächlich schlimme Schmerzen zu haben, so stark, wie es lahmte.

„Du hast nicht zufällig einen Halfter dabei?", fragte Julie mich. Natürlich meinte sie das nicht ernst. Logisch, dass ich hier nicht mit einem Pferdehalfter herumrannte.

Dennoch verneinte ich. „Nee, heute ausgerechnet mal nicht. Tut mir leid."

Julie warf im Laufen einen Blick auf meine Schuhe.

„Damit könnte es allerdings gehen", meinte sie und blieb plötzlich stehen.

„Was hast du vor?“

„Zieh deine Turnschuhe aus und gib mir mal deine Schnürsenkel.“

„Willst du daraus einen Halfter knoten? Kannst du das?“

Sie nickte. „Und meine Senkel nehmen wir als Führstrick.“

Gesagt und auch sofort getan. Ich konnte wirklich nur staunen, wie geschickt Julie mit den Schnürsenkeln herumhantierte.

„Wo hast du das denn gelernt?"

„Von Ben, wenn er mit dem Lasso geübt hat. Zum Beispiel, weil wir Rinder einfangen wollten. Dann formt man aus dem Lasso auch im Handumdrehen einen Halfter samt Führstrick."

In meinem Kopf ging's drunter und drüber. Verletztes Wildpferd, Schnürsenkel, Kühe? Ich starrte meine Freundin verwundert an. „Wann um alles in der Welt hast du mit Ben denn Rinder eingefangen?"

Trotz der ernsten Lage musste Julie kichern. „Natürlich gar nicht. Zumindest nicht in echt. Wir haben nur auf dem Trail auf der Eagle-Free-Ranch so getan. Einfach zum Spaß und so …"

„Okay", sagte ich gedehnt und dann liefen wir auch schon weiter.

Ohne Schnürsenkel gestaltete sich das recht schwierig. Doch inzwischen war das Pferd zum Schritt durchpariert. Nach wenigen Metern hatten wir es endgültig eingeholt.

Ganz vorsichtig näherten wir uns dem Tier. Es sah uns aus weit aufgerissenen Augen an und tat mir schrecklich leid.

„Ganz ruhig, Kleiner, wir wollen dir doch nur helfen“, redete ich leise auf ihn ein.

„Genau“, meinte Julie. „Lass dich schön von Fritzi ablenken und ich schmeiße dir ruck, zuck das Halfter über. Tut auch gar nicht weh. Das verspreche ich dir.“

Doch damit war der Kleine trotz seiner bestimmt höllischen Schmerzen nicht einverstanden. Kaum hatte sich Julie ihm genähert, schnaubte er hektisch und trabte dann an. Dabei schonte er das rechte Hinterbein dermaßen, dass ich mir fast sicher war, dass er es sich gebrochen hatte.

„Nicht weglaufen, Kleiner“, rief ich ihm mit ruhiger Stimme zu. „Wir wollen dir doch nur helfen.“

Tatsächlich blieb er stehen. Aber bestimmt nicht meinetwegen.

Ich bildete mir nicht ein, dass ich plötzlich zur Pferdeflüsterin geworden war.

Wahrscheinlich hatte der Kleine inzwischen einfach so schlimme Schmerzen, dass er nicht weiterlaufen konnte. Auf drei Beinen und sichtbar zitternd stand er da und ließ sich schließlich von Julie ihr selbst geknotetes Halfter anlegen.

„Das war ja einfacher als gedacht“, meinte sie und klopfte dem Tier beruhigend den Hals.

„Aber wie sollen wir es zurück zur Hauptstraße führen, Julie? Es kann vor Schmerzen ja nicht einmal mehr im Stehen das Bein belasten.“

Julie zuckte ratlos die Schultern. „Am besten, eine von uns bleibt mit dem Pferd hier stehen und die andere läuft zurück und holt Hilfe.“

Ich nickte. „Wer bleibt, wer läuft?"

„Na ja, falls meine Halfterkonstruktion nicht halten sollte, wäre es vielleicht ganz gut, wenn ich sie reparieren könnte …"

Wo sie recht hatte, da hatte sie recht.

Ehrlicherweise musste ich auch zugeben, dass ich viel lieber Hilfe holte, als hier mit einem schwer verletzten Tier mitten im Wald zurückzubleiben.

„Dann ist das also abgemacht", sagte ich. „Ich laufe, du bleibst."

„Aber bitte beeil dich, Fritzi!" Julie sah jetzt doch ein bisschen ängstlich aus.

Ich nickte und versicherte ihr: „Ich renn um mein Leben."

Dann startete ich durch.

5. Kapitel

Vor dem Haupteingang der Wildpferdebahn traf ich auf jede Menge Menschen. Den ersten, der irgendwie so aussah, als ob er sich mit Pferden auskennte und vor allem zur Wildpferdebahn dazugehörte, sprach ich aufgeregt an. Es war ein hochgewachsener Mann mit dunklen Haaren und einem fröhlichen Gesichtsausdruck.

„Arbeiten Sie für die Wildpferdebahn?“

Er nickte. „So ist es. Wie kann ich dir helfen?“

„Meine Freundin und ich haben ein Wildpferd eingefangen, das sich schwer verletzt hat.“

Das eben noch so fröhliche Gesicht des Mannes verdunkelte sich. „Was habt ihr bitte schön auf dem Gelände zu suchen? Und was heißt verletzt? Habt ihr etwa dem Tier Schaden zugefügt?“

Ich schüttelte wild den Kopf. „Nein, bestimmt nicht. Und wir sind auch gar nicht auf dem Gelände gewesen. Es muss irgendwie durch den Zaun gelangt sein. Auf jeden Fall ist es uns direkt vor die Füße gesprungen und hat sich dabei ganz böse auf dem Betonweg langgelegt."

„Okay, wo genau ist deine Freundin jetzt mit dem Pferd?"

Ich deutete den Weg hinunter. „Fast am Ende von so einer grauen Betonstraße, die mitten durch den Wald führt."

Er nickte und setzte sich auch schon in Bewegung. Aber in die falsche Richtung.

„Hallo, da geht es aber nicht lang. Meine Freundin ist doch ..."

„Ich gehe zu meinem Auto", fiel er mir ins Wort. „Das geht viel schneller, als wenn ich den Weg zu Fuß laufe."

„Ach so, ja, klar doch ..." Mannomann, wie doof von mir. „Kann ich vielleicht mitkommen? Meine Freundin wäre bestimmt froh, mich zu sehen."

Erneut nickte er. „Ja, kein Problem."

Ich folgte ihm zu seinem Auto, das zum Glück ganz in der Nähe stand. Keine drei Atemzüge später startete er den Wagen und lenkte ihn auf die Hauptstraße. Zu Fuß war mir die Strecke wie eine Ewigkeit vorgekommen. Doch mit dem Auto war alles nur ein Katzensprung.

Es dauerte wirklich nicht lange, da hatten wir die schmale Betonstraße erreicht.

„Meinst du diese Straße?“, fragte er mich.

Ich nickte. „Ja, genau hier ist es. Aber wir müssen noch ein ganzes Stück weiter runterfahren.“

„Ich frage dich jetzt mal nicht, was du und deine Freundin hier zu suchen hattet, denn dies ist Privatgelände. Man erkennt es unter anderem an dem Schild, das am Anfang der Straße steht und auf dem groß und breit geschrieben ist: Privatweg. Zutritt strengstens verboten!“

Ich spürte, wie mir die Röte ins Gesicht schoss, und begann zu stammeln: „Äh ... na ja, das-das haben wir gar nicht gesehen ...“

Da lachte der Mann. Nicht böse, wirklich nicht. Eher amüsiert, weil er mir garantiert kein Wort glaubte. „Ist schon gut. Ich weiß, wie das ist, wenn man total pferdeverrückt ist."

Zum Glück hatten wir kurz darauf Julie und das verletzte Pferd erreicht. Der Mann stoppte den Wagen und stieg aus. Ich folgte ihm.

„Hallo", sagte er zu Julie, die ihm erleichtert entgegenlächelte.

„Es ist, glaube ich, richtig schlimm verletzt", meinte sie.

„Schaffst du es, den Kleinen festzuhalten, während ich ihn kurz untersuche?", fragte der Mann Julie.

Julie nickte eifrig. „Er ist richtig artig. Schon die ganze Zeit über."

Ich stellte mich neben meine Freundin, die mir zuflüsterte: „Ist das der Tierarzt?"

Ich zuckte die Schultern. „Ich weiß es ehrlich gesagt nicht. Er war der Erste, der für mich so aussah, als ob er Ahnung hätte."

„Ja, ich bin der Tierarzt", sagte der Mann und blickte uns schmunzelnd an. „Du hast also instinktiv ganz genau den Richtigen angesprochen."

Dann machte er sich gleich daran, das junge Wildpferd zu untersuchen. Lange dauerte das Ganze jedoch nicht.

„Hm, sieht wirklich nicht gut aus. Ich tippe auf eine Bänderverletzung."

„Auweia", rief Julie erschrocken. „Und was passiert jetzt mit dem Kleinen?"

„Schwer zu sagen. Er war ein Kandidat für die morgige Versteigerung. Aber mit so einer schweren Verletzung wird er daran natürlich nicht teilnehmen können. Somit wird sich auch kein Käufer für ihn finden …"

„Das heißt, er wird vielleicht eingeschläfert?“, wisperte Julie, während sich ihre Augen mit Tränen füllten.

„Was?“, rief ich furchtbar erschrocken. „Aber das ist ja schrecklich. Ich meine, gibt es denn überhaupt keine Möglichkeit, den Kleinen wieder gesund zu bekommen?“

Der Tierarzt winkte ab. „Nun wartet es doch erst einmal ab. Ich muss mir das Ganze zunächst unter dem Ultraschallgerät ansehen, um die Diagnose zu bestätigen. Dann hängt es natürlich auch von der Schwere der Bänderverletzung ab. Selbstverständlich gibt es Möglichkeiten, dem kleinen Kerl zu helfen. Aber wie gesagt, dazu muss ich erst mal ein paar weitere Untersuchungen machen.“

Er lächelte uns aufmunternd zu und kramte dann sein Handy aus der Hosentasche hervor. „Gunnar, hier ist Bertram Wilhelm. Komm doch bitte mal mit 'nem Anhänger runter zur Westseite. Die Betonstraße entlang. Kurz vor der Futterstelle. Ich hab hier einen verletzten Jährling, der in die Klinik gefahren werden muss.“

Er horchte in den Hörer und nickte. „Genau, dort stehen wir. Ich schätze, er ist irgendwo im Waldstück durch den Zaun gebrochen. Müssen wir dann gleich mal überprüfen."

Nachdem er sich von diesem Gunnar verabschiedet hatte, wandte er sich wieder an uns.

„Erinnert ihr euch noch, an welcher Stelle genau er auf die Straße gesprungen ist? Oder war das etwa direkt hier?"

Julie und ich schüttelten gleichzeitig die Köpfe. „Nein, das war ein ganzes Stück weiter runter", erklärte ich. „Wir sind bestimmt hundert Meter oder so hinter ihm hergelaufen."

„Da lag am Rand ein ziemlich großer Findling", erinnerte Julie sich.

Der Tierarzt nickte. „Aha, dann weiß ich Bescheid."

Es dauerte eine ganze Weile, bis wir endlich einen Wagen samt Pferdeanhänger auf uns zufahren sahen.

Inzwischen hatte Julie den Tierarzt mindestens fünfmal danach gefragt, was aus dem kleinen Wildpferd werden würde, falls es sich tatsächlich eine schlimme Bänderverletzung zugezogen hatte. Doch er wollte nicht so recht mit der Sprache rausrücken. Bestimmt bedeutete das nichts Gutes.

Der Kleine ließ sich ganz artig verladen. Der Tierarzt meinte, dass er unter Schock stände. Anschließend bot er uns an, in seinem Auto mit zurück zur Hauptstraße zu fahren, was wir gerne annahmen.

6. Kapitel

„Da, dort ist uns der Jährling quasi vor die Füße gesprungen“, rief Julie, nachdem wir ein paar Meter gefahren waren.

Zu unserer Überraschung stoppte der Tierarzt seinen Wagen.

„Ich gehe mal kurz nachsehen, ob der Zaun arg kaputt ist, und flicke ihn gegebenenfalls notdürftig“, erklärte er uns. „Nicht dass am Ende noch weitere Tiere dort hinausgelangen.“

„Können wir vielleicht mitkommen?“, fragte Julie.

Der Tierarzt zuckte die Schultern. „Von mir aus. Womöglich brauche ich bei der Reparatur eh Hilfe.“

Also kletterten wir aus dem Wagen und folgten dem Tierarzt durchs dichte Unterholz.

Ganz so einfach wie gedacht gestaltete sich das allerdings nicht. Da ich direkt hinter Julie ging, musste ich mich immer wieder wegducken, um den nach hinten peitschenden kleinen Zweigen auszuweichen. Einmal schaffte ich es nicht mehr rechtzeitig und bekam einen ziemlich heftigen Hieb quer durchs Gesicht.

„Aua“, jammerte ich.

Julie blieb stehen und drehte sich zu mir um. „Hast du dir wehgetan?“, fragte sie besorgt.

Ich rieb mir die schmerzende Wange. „Ja, an den blöden Zweigen …“

Dem Tierarzt schien nicht aufgefallen zu sein, dass Julie und ich zurückblieben. Unbeirrt kämpfte er sich weiter durchs Dickicht voran.

„Falls es dich tröstet, ich hab auch einen ordentlichen Hieb abbekommen." Julie deutete mit dem Zeigefinger auf ihre Stirn, über die quer ein langer knallroter Strich verlief. „Ich frag mich echt, wie der Kleine hier durchgaloppieren konnte."

„Hey, ihr beiden, macht ihr etwa schon schlapp?", rief der Tierarzt uns zu und blieb nun doch kurz stehen.

„Nein, nein", erwiderte Julie, „wir kommen schon."

Nach einigen weiteren ziemlich beschwerlichen Metern hatten wir endlich den Zaun erreicht.

„Hier ist er wohl durch", erklärte der Tierarzt und deutete auf eine Stelle, an der von drei Zaunlitzen nur noch die untere vorhanden war. „Ich kann mir gut vorstellen, dass er Panik bekommen hat, als er kapiert hat, dass er von seiner Herde getrennt ist, und dann losgerannt ist."

Julie nickte. „Quer durch den Wald und uns direkt vor die Füße."

„So wird es wohl gewesen sein“, stimmte der Tierarzt ihr zu. „Aber ungewöhnlich ist es schon.“

Wir sahen ihn fragend an. Doch er war längst damit beschäftigt, die beiden gerissenen Litzen zu reparieren.

Nachdem er den Zaun notdürftig geflickt hatte, meinte er plötzlich: „Ich nehme an, ihr möchtet die Herde gern mal sehen, oder?“

Julie und ich nickten. „Total gern“, rief Julie.

„Das wäre wirklich fantastisch“, erklärte ich.

Er grinste. „Okay, dann kommt mit. Wir statten ihnen einen kurzen Besuch ab.“

„Aber wissen Sie denn, wo sich die Herde gerade aufhält?“, fragte ich verwundert nach. Wenn das Grundstück wirklich so weitläufig war, wie Julie erzählt hatte, dann konnten wir eine halbe Ewigkeit hier herumlaufen und nach den Wildpferden suchen.

„Und was ist mit dem kleinen Hengst?“, erkundigte sich Julie. „Sie haben doch gemeint, er müsste gleich behandelt werden.“

Der Tierarzt winkte ab. „Mit dem Pferdeanhänger braucht man immer etwas länger. Außerdem ist der junge Mann bei Gunnar in den besten Händen. Ich möchte auch nur kurz nachsehen, ob es der Herde gut geht. Dass der Zaun so heruntergetreten wurde, ist etwas sonderbar."

Er setzte sich in Bewegung und wir folgten ihm. Nachdem wir eine Weile am Zaun entlanggelaufen waren, erreichten wir ein kleines Tor. Der Tierarzt kramte in seiner Jackentasche herum, holte ein Bund mit vielen unterschiedlichen Schlüsseln hervor und öffnete mit einem von ihnen das schwere Vorhängeschloss. Kurz darauf gelangten wir durch das schmale Tor auf das Gelände der Wildpferde – von denen jedoch noch immer kein einzelnes Härchen zu sehen war.

„Wo ist denn nun die Herde?", sprach Julie meine Gedanken aus.

Der Tierarzt grinste schief. „Nun mal nicht so ungeduldig, junge Damen."

Er marschierte los und wir ihm hinterher – wie nun schon seit einer halben Ewigkeit.

Gerade wollte ich Julie zuflüstern, dass Ben garantiert Hackfleisch aus uns machen würde, wenn wir nicht langsam mal wieder im Hotel auftauchen würden, da stieß meine Freundin einen hellen Schrei aus.

„Da! Da sind sie.“

Hinter einem kleineren Waldvorsprung erstreckte sich eine weitläufige Weidefläche und dort stand tatsächlich die Wildpferdeherde. Der Anblick war so überwältigend, dass mir für einen Moment glatt die Luft wegblieb. Einige der Tiere grasten friedlich oder dösten im Stehen. Direkt vor uns saugte ein Fohlen an den Zitzen seiner Mutter, daneben kabbelten sich zwei Jährlinge.

„Sie haben ja gar keine Angst“, staunte Julie. „Ich meine, das sind doch Wildpferde. Ich dachte, sie würden bei unserem Anblick die Flucht ergreifen?“

Doch ganz genau das Gegenteil war der Fall. Einige der Tiere kamen neugierig näher. Ein besonders forscher junger Mann begann sogar, an meiner Jacke zu zupfen.

„Die Tiere sind natürlich schon allein wegen der Besucher-Führungen in der Sommersaison an uns Menschen gewöhnt. Und da ihnen durch Menschenhand noch nie ein Leid zugefügt wurde, haben sie eben auch keine Scheu. So einfach ist das“, erklärte uns der Tierarzt.

Nein, von Scheu konnte man im Zusammenhang mit diesem Frechdachs neben mir wahrhaftig nicht sprechen. Inzwischen war er wohl der Meinung, dass es eine gute Idee sei, mich auch noch in den Unterarm zu kneifen.

„Hey, sei mal nicht so frech“, schimpfte ich ihn lachend aus.

Der Tierarzt schritt die Herde ab, während sich immer mehr Pferde um Julie und mich scharten. Vorsichtig tätschelte ich einem der jungen Wilden den Hals und bewunderte sein dichtes graubraunes Fell.

Was für ein Erlebnis, diesen Moment würde ich bestimmt niemals im Leben vergessen.

„Ist das nicht toll", hauchte auch Julie schwer beeindruckt. „Wir stehen in ihrer Mitte und es ist so friedlich und schön und …" Sie brachte ihren Satz nicht zu Ende. Aber ich wusste auch so, was sie meinte.

Ich nickte. „Das hätte ich nie für möglich gehalten."

„Was hast du nicht für möglich gehalten?", fragte der Tierarzt. Ich hatte gar nicht mitbekommen, dass er inzwischen wieder zu uns zurückgekehrt war, und zuckte leicht zusammen. Das nutzte der kleine Frechdachs neben mir, um mich erneut in den Unterarm zu kneifen.

„Aua, das tat weh", schimpfte ich ihn halbherzig aus.

„Ja, ja, die Junghengste sind teilweise ganz schöne Rabauken", grinste der Tierarzt. „Aber du hast meine Frage noch nicht beantwortet."

Ich hob die Schultern. „Na ja, die Herde macht so einen unglaublich entspannten Eindruck auf mich."

„Das kommt daher, dass sie Tag und Nacht so leben können, wie es eigentlich ihrem Naturell entspricht:

in der Herde und eben nicht auf drei mal drei Metern eingepfercht."

„Bei uns auf der Eagle-Free-Ranch leben die Pferde auch in unterschiedlichen Herden und kommen nur im Winter nachts in ihre Boxen. Ansonsten sind sie immer draußen. Bei Wind und Wetter", erklärte Julie.

Der Tierarzt nickte anerkennend. „Das ist sehr vorbildlich. Aber leider, leider kommen nur wenige Reitpferde in den Genuss, so gehalten zu werden."

Einen Moment lang blieben wir noch in der Mitte der Herde stehen – es war fast so, als wären wir ein Teil von ihnen. Doch dann mahnte der Tierarzt zum Aufbruch. „Nun wird es wirklich Zeit, nach dem kleinen Jährling zu sehen", meinte er. „Der Herde geht es gut, also lasst uns zum Auto zurückgehen."

Auf dem Weg zum Zaun ärgerte ich mich dumm und dusselig, dass ich mal wieder nicht an mein Handy gedacht hatte. Zu gerne hätte ich Fotos von den Wildpferden gemacht. Doch als ich Julie davon erzählte, meinte sie: „Ach was, den Anblick und das Gefühl hast du doch bestimmt ganz fest in deinem Herzen, Fritzi. Ich finde, das reicht."

Ich konnte sie nur ansehen und feststellen, dass sie mal wieder recht hatte, meine verrückte Pferdefreundin Julie.

Als wir kurz darauf am Haupteingang der Wildpferdebahn ankamen und uns bei dem netten Tierarzt für dieses ganz einmalige Erlebnis bedankten, bat Julie ihn um seine Handynummer. „Ich würde wirklich gerne wissen, was aus dem Kleinen wird. Könnte ich Sie nachher vielleicht anrufen?"

Er nickte und reichte Julie seine Visitenkarte.

„Ja, klar doch. Ich schätze, dass ich in spätestens einer Stunde mehr zu der Schwere seiner Verletzung sagen kann." Damit verabschiedete er sich von uns und fuhr davon.

7. Kapitel

„Und was machen wir jetzt?" Ich sah meine Freundin ratlos an.

„Wir müssen so schnell wie möglich zurück ins Hotel und Ben von alldem erzählen. Besonders von dem Kleinen."

Ich verzog das Gesicht. „Begeistert wird er bestimmt nicht sein, wenn er hört, dass wir einfach auf eigene Faust zur Wildpferdebahn marschiert sind."

Julie hob die Hände. „Das müssen wir ihm ja nicht gleich auf die Nase binden. Wir behaupten einfach, dass wir zufällig dort entlanggegangen sind."

Ich verzog skeptisch den Mund. „Was er uns bestimmt auch glauben wird …" Ben kannte Julie und mich viel zu gut, als dass er an Zufall glauben könnte. Da war ich mir ziemlich sicher.

Julie winkte ab. „Ist ja jetzt auch egal. Auf jeden Fall muss ich Ben sofort von dem Kleinen erzählen und ihm klarmachen, dass wir ihn retten müssen."

Ich sah Julie mit großen Augen an. „Retten?"

Julie nickte. „Ich habe wirklich einiges über die Dülmener Wildpferde gelesen. Deshalb wollte ich sie ja auch unbedingt in freier Wildbahn sehen. Und nachdem wir bei der Herde waren, bin ich mir noch sicherer, dass unser kleiner Junghengst eingeschläfert wird, wenn seine Verletzung wirklich schlimm ist. Das müssen wir doch verhindern, Fritzi!"

Mir wurde richtig übel bei dem Gedanken. „Glaubst du wirklich?"

Julie nickte. „In so einer großen Herde hat der einfach keine Chance, da bin ich mir ziemlich, ziemlich, ziemlich sicher."

Für den Hinweg zur Wildpferdebahn hatten wir gut eine Viertelstunde gebraucht, zurück schafften wir es in nicht einmal zehn Minuten, weil wir so rannten.

Ben saß in der Hotellobby und sah uns mit einer Mischung aus Vorwurf und Überraschung an, als wir keuchend hereingehetzt kamen.

„Ben-Papi, du musst einen kleinen Hengst retten", japste Julie und ließ sich neben ihn auf das Zweiersofa sinken. Sie reichte ihm die Visitenkarte des Tierarztes. „Bitte, bitte, Ben, ruf ihn an und sag ihm, dass sie den Kleinen nicht einschläfern lassen sollen. Bitte, bitte, ich kümmere mich auch um ihn und pflege ihn gesund. Du kannst dich auf mich verlassen. Wirklich."

Ben legte Julie die Hände auf die Schultern und zwang sie so, ihm direkt in die Augen zu sehen. „Jetzt beruhig dich erst einmal und dann erzählst du mir bitte das Ganze noch mal von vorne und vor allem der Reihe nach.“ Er stockte, schien zu überlegen und fügte dann hinzu: „Und ich hoffe, ihr habt nichts mit der Verletzung des Pferdes zu tun?!“

Empört schüttelte Julie den Kopf. „Bestimmt nicht. Fritzi und ich haben den Kleinen gerettet. Wenn wir nicht rein zufällig dort langgegangen wären, dann würde er jetzt immer noch auf drei Beinen da stehen.“

Ben guckte zwar ziemlich skeptisch, aber er hörte zu, während Julie ihm mit Händen und Füßen schilderte, was geschehen war. Ich hockte neben ihr und nickte die ganze Zeit zustimmend.

„Das ist ja eine wirklich abenteuerliche Story“, meinte er schließlich, als Julie zu Ende erzählt hatte. „Und dass ihr da rein zufällig langgekommen seid, daran kann ich ehrlicherweise auch nicht so recht glauben.“

„Aber ganz genau so war es“, erklärte ich.

Julie zupfte Ben am Hemdärmel herum. „Kannst du jetzt bitte bei dem Tierarzt anrufen? Bitte, bitte, Ben-Papi. Es ist mir wirklich sehr, sehr wichtig.“

Ben seufzte tief, doch er nahm Julie die Visitenkarte aus der Hand und erhob sich vom Sofa.

„Wo willst du denn hin?", fragte Julie perplex.

„Ich möchte in Ruhe mit diesem Dr. Wilhelm sprechen, Julie. Was schwer möglich ist, wenn du neben mir sitzt und mir in einer Tour ins Wort fällst. Ich kenne dich doch."

Julie machte ein unschuldiges Gesicht. „Als ob ich so was machen würde."

Doch Ben war schon abgezogen.

Ich setzte mich neben Julie und nahm ihre Hand.

„Julie, warum ist dir der Kleine denn eigentlich so wichtig?"

„Was ist das denn für eine Frage?" Julie sah mich mit großen Augen an. „Mir sind alle Pferde wichtig. Ich liebe Pferde. Alle."

Ich nickte. „Ja, das tue ich auch. Aber du kommst mir total verändert vor. Ich kann es gar nicht so richtig beschreiben."

Seufzend ließ sich meine Freundin ins Polster zurücksinken.

„Du hast schon recht. Echt verrückt, wie gut du

mich kennst. Ich weiß ja, dass es nicht mein Pferd ist und dass ich auch nicht jedes Pferd retten kann oder so. Aber der kleine Hengst ist mir irgendwie nah gekommen. Wir haben da gestanden auf dieser ollen Betonstraße und er hat mich die ganze Zeit so traurig angeguckt. Als ob er ahnen würde, dass er sich ganz schlimm verletzt hat und es nicht gut um ihn steht. Und als er mich so angeschaut hat, da habe ich ihm versprochen, dass er ganz bestimmt wieder gesund wird. Ich habe es ihm sogar geschworen, und weißt du, was dann passiert ist?"

Ich schüttelte den Kopf.

Julie holte tief Luft. „Da hat er mich mit seiner weichen Schnauze angestupst. Echt, Fritzi, ich hab es mir bestimmt nicht eingebildet. Er hat mich angestupst, so als wollte er sagen, ich vertraue dir, enttäusch mich bitte nicht."

Ich sank neben Julie ins Polster. „Wow, das klingt total verrückt, aber auch total schön."

Julie nickte. „Verstehst du jetzt, warum ich dafür sorgen muss, dass er auf jeden Fall wieder gesund wird?"

„Ja, absolut.“ Und so war es auch. Schließlich hatte ich dem kleinen Pepper damals etwas ganz Ähnliches versprochen.

Ben kam zurück. Sein Gesicht sprach Bände.

Julie sprang sofort auf und rannte ihm entgegen.

„Was ist? Keine guten Nachrichten? Ich sehe es dir doch an, nun sag schon, was los ist. Bitte, Ben, ich kann diese Ungewissheit echt nicht ab.“

Ben zog die Augenbrauen hoch. „Würde ich ja gerne, wenn mich meine Tochter vielleicht mal zu Wort kommen lassen würde.“

Demonstrativ presste Julie sich die Hand auf den Mund und Ben erklärte mit ernster Miene: „Na ja, es ist leider tatsächlich ein Bänderanriss.“

„O nein!“, rief Julie. „Das ist ja schrecklich.“

Vorwurfsvoll schüttelte Ben den Kopf. „Hattest du nicht gerade beschlossen, mich ausreden zu lassen?!“

Julie nickte. „Ja, klar doch, ’tschuldigung. Ich halte jetzt meinen Mund. Ehrenwort.“

Ben sah zwar nicht wirklich überzeugt aus, aber er fuhr schließlich fort. „Der Tierarzt meinte, es bestände schon eine Chance, dass der Kleine wieder wird.

Doch dazu braucht es viel Zeit, Ruhe, Wärme und vor allem Liebe. In der Herde wird das nicht gelingen. Er muss täglich Umschläge bekommen, der Tierarzt schwört dabei auf ein altes Hausrezept, den Prißnitzwickel.“

„Und wie funktioniert das?“, hakte ich nach. Julie presste sich weiterhin die Hand vor den Mund und ich musste trotz allem ein Kichern unterdrücken.

„Man taucht ein dünnes Tuch zu einem Drittel in kaltes Wasser und legt es so zusammen, dass die nasskalte Seite auf zwei trockenen Schichten liegt. Die feuchte Seite wird dann auf die Verletzung aufgelegt und mit einem trockenen Tuch befestigt. Der Wickel kühlt und wirkt schmerzlindernd und hat sich absolut bewährt. Nur das Ganze dauert natürlich seine Zeit.“

„Und nun?“, wisperte Julie und ließ endlich ihre Hand sinken.

Ben fuhr sich übers Gesicht. „Ach ja, und nun, Julie. Nun hat dein alter Papa schon einen kleinen Jährlingshengst gekauft, noch bevor die Jungspunde überhaupt eingefangen wurden und versteigert werden konnten.“

Mit einem schrillen Schrei fiel Julie Ben um den Hals und drückte ihm unzählige Küsse aufs Gesicht.

„Ben-Papi, du bist der beste, der allerallerbeste Vater, der wirklich allerallerallerbeste Papa, den man sich vorstellen kann. Danke. Tausend Mal danke."

Schmunzelnd löste Ben sich von Julie. „Ja, ja, schon gut. Hauptsache, du vergisst das nächste Woche nicht wieder."

Julie lachte. „Bestimmt nicht. Und ich schwöre dir, ich kümmere mich auch ganz allein um den Kleinen.

Echt. Er wird euch kein bisschen zur Last fallen. Und außerdem passt das doch alles ganz prima. Ich meine, gerade sind Mama und ich wieder zu dir nach Staaken gezogen und schon habe ich einen neuen Freund gefunden."

Grinsend schüttelte Ben den Kopf. „Julie und ihre Logik."

8. Kapitel

Ich lag im Bett und starrte im Dunkeln an die Decke. Ich konnte einfach nicht einschlafen. Tausend Dinge gingen mir durch den Kopf. Ich dachte an das kleine Wildpferd und unsere Rettungsaktion. Ich dachte an Julie, wie glücklich sie war, und auch daran, was sie mir über diesen ganz besonderen Moment zwischen ihr und dem kleinen Pferd erzählt hatte. Doch vor allem schämte ich mich, weil ich schrecklich neidisch auf meine beste Freundin war.

Sie wohnte jetzt wieder in Staaken, und zwar zusammen mit ihren Eltern und Großeltern, und das gönnte ich ihr wirklich von ganzem Herzen. Ich wusste ja, dass es nichts auf dieser Welt gab, was sich Julie mehr gewünscht hatte. Endlich war sie der stinkenden Großstadt entkommen, deren Mief sich so auf ihre Stimmung gelegt hatte, dass sie manchmal nicht mehr richtig atmen konnte – das hatte Julie zumindest immer geschworen.

Aber darum ging es auch gar nicht, vielmehr war es so, dass ich sie schrecklich beneidete, dass sie jeden Tag mit ihrer zuckersüßen Stute Sunny zusammen sein konnte. Und jetzt hatte sie auch noch ein kleines Wildpferd, um das sie sich kümmern konnte.

Und ja, ich hatte ganz genau gewusst, was sie mit diesem ganz besonderen Moment zwischen dem Hengst und ihr gemeint hatte. Schließlich war es mir

mit Pepper haargenau so gegangen. Damals, als er aus der Flasche trinken sollte, sich aber dagegen gewehrt hatte.

Ich hatte ihn auf meinem Schoß liegen gehabt und ihm versprochen, dass er einmal ein großes und starkes Pferd werden würde, das hatte ich ihm ganz fest versprochen, und dann – es war wie ein Wunder – hatte er tatsächlich angefangen zu trinken.

Ich erinnerte mich genau daran. Mein Herz hatte wie verrückt gedröhnt, in meinen Ohren hatte es gerauscht und mir waren dicke Tränen des Glücks übers Gesicht gelaufen. Es war bestimmt der schönste Moment in meinem Leben gewesen.

Tja, jetzt lag ich also im Bett und war schrecklich neidisch auf Julie, weil sie Sunny und den kleinen Hengst hatte und ich nur einen Traum, einen total verrückten Traum, in dem Ben plötzlich sagte: „Hey, Fritzi, seit eben bist du übrigens die Besitzerin von Pepper. Herzlichen Glückwunsch!“

Schrecklich – neidisch zu sein war wirklich, wirklich schrecklich. Ganz besonders wenn man so etwas gegenüber seiner besten Freundin empfand.

Am nächsten Morgen weckte uns Ben schon um sechs Uhr.

„Hey, ihr Schlafmützen, raus aus den Federn. Wenn wir einen guten Platz haben wollen, dann müssen wir früh los."

Er vergewisserte sich, dass wir auch wirklich aufstanden, und verließ dann unser Zimmer.

Lustlos schleppte ich mich ins Bad. Julie folgte mir. Nur dass sie im Vergleich zu mir vor Unternehmungslust und guter Laune fast platzte.

Im Spiegel begegneten sich unsere Blicke.

„Was ist denn mit dir los, Schnecke?", wollte Julie wissen.

Ich zuckte die Schultern. „Nichts. Bin einfach nur müde …"

Julie knuffte mir gegen den Oberarm. „Was? Du bist müde und schlecht gelaunt, obwohl wir gleich jede Menge Pferde zu sehen bekommen? Das gibt es ja gar nicht."

Erneut hob ich die Schultern, woraufhin Julie gleich noch mal knuffte.

„Hey, Schnecke, jetzt sag schon, was ist los mit dir?

Hab ich etwa geschnarcht? Oder bin ich geschlafwandelt und hab dir in die Nase gekniffen?“ Sie kicherte albern. „Oder habe ich im Schlaf gesprochen und dir die ganze Nacht irgendwelche total verrückten Geschichten erzählt?“

Sie knuffte mich ein drittes Mal. Ich holte tief Luft. Und dann platzte es aus mir heraus.

„Nein, Julie, das ist es nicht. Ich bin nur so neidisch auf dich, dass ich eigentlich shrekgrün sein müsste. Ich beneide dich um Sunny und um den kleinen Hengst. Ich beneide dich um dein Leben auf der Eagle-Free-Ranch und, ja, auch um Ben und deine Großeltern und eben um alles. Und das ist schrecklich, schrecklich fies und gemein von mir, weil es sich einfach nicht gehört, dass man seiner besten Freundin etwas neidet. Und deshalb schäme ich mich und konnte die halbe Nacht nicht schlafen, und jetzt schäme ich mich noch mehr, weil ich es dir gesagt habe und du jetzt bestimmt ganz schlimm von mir enttäuscht bist.“

Dicke Tränen kullerten mir über die Wangen. Ich spürte sie und sah sie zeitgleich im Spiegel. O weh, nach diesem Geständnis wollte Julie bestimmt nie wieder etwas mit mir zu tun haben.

Doch Julie zog mich in ihre Arme und drückte mich ganz fest an sich. „Hach, Schnecke, wie gut das ist, dass du neidisch auf mich bist."

Ich musste mich verhört haben.

„Es ist nämlich so, dass ich immer ganz schrecklich neidisch auf dich war, weil du auf dem Kronsberghof mit so vielen Pferdeverrückten zusammen bist und du in Chiara so eine gute Freundin hast und eben nie allein im Stall bist. Und na ja, und natürlich habe ich dich auch immer wegen deiner Eltern beneidet, also dass die nicht getrennt sind, so wie meine es bis vor Kurzem waren. Ich habe mich immer ganz gruselig deshalb geschämt. Aber jetzt, wo ich weiß, dass es dir ganz genauso geht, da ist es so, als ob mir ein großer Felsblock vom Herzen gefallen wäre."

Julie und ich sahen uns an. Und dann fingen wir plötzlich an zu lachen. Wir lachten und lachten, wir wieherten bestimmt so schrill wie zwei durchgeknallte Shetlandponys.

Erst als Ben gegen die Badezimmertür klopfte und

sich vorsichtig erkundigte, ob alles okay mit uns sei, da kriegten wir uns langsam wieder ein.

Der Frühstücksraum des Hotels war rappelvoll. Wir fanden gerade noch einen kleinen Vierertisch.

„Sind die etwa alle wegen des Wildpferdefangs da?", fragte Julie mit gerunzelter Stirn.

Ben nickte. „Es ist ja auch ein wirklich spannendes Spektakel."

„Wollen die denn alle ein Pferd ersteigern?", wunderte ich mich.

Diesmal schüttelte Ben den Kopf. „Nein, bestimmt nicht. Die meisten sind hier, um einfach nur die Show zu sehen."

Ben nippte an seinem Kaffee. „Wisst ihr eigentlich, dass man sogar Pferde gewinnen kann? Hab ich euch das schon erzählt?"

„Nein!", riefen Julie und ich zeitgleich.

„Also, man kann am Eingang für einen Euro

ein Los kaufen und mit etwas Glück einen von fünf Jährlingshengsten gewinnen."

„Echt?", rief ich. „Das ist ja spannend. Nur ein Euro und flugs ist man Pferdebesitzer."

Ben schnitt sich ein Brötchen auf. „Na ja, man muss sich schon schriftlich dazu verpflichten, das Tier artgerecht zu halten und zu versorgen."

„Okay", erklärte Julie mit vollem Mund. „Daran wird es dann wohl bei einigen scheitern. Ich meine, so ein Pferd kann man sich schließlich nicht einfach in den Garten stellen."

„Schade", entfuhr es mir. Natürlich hatte ich das so nicht gemeint. Also bestimmt war ich nicht dafür, dass man Pferde nicht artgerecht hielt. Aber ein eigenes Pferd war nun mal mein Traum.

Ben klopfte mir aufbauend auf den Rücken. „Ach, Fritzi, nun guck nicht so geknickt. Wer weiß, vielleicht bist du ja irgendwann auch mal glückliche Pferdebesitzerin." Er zwinkerte mir zu, und ich fragte mich mal wieder, ob er mehr wusste als ich. Allerdings hatte ich mich das schon zigmal gefragt. Und jedes Mal war am Ende nichts dabei herausgekommen.

9. Kapitel

Auf dem Platz vor der Wildpferdebahn tummelten sich unzählige Menschen. Es herrschte eine fröhliche und irgendwie erwartungsvolle Stimmung. Die Leute unterhielten sich, fachsimpelten und lachten. Die Atmosphäre war so ansteckend, dass meine schlechte Laune von vorhin wie weggeblasen war.

Obwohl wir uns wirklich zeitig auf den Weg gemacht hatten, hatten sich vor den Kassen schon lange Schlangen gebildet. Es dauerte eine Ewigkeit, bis wir endlich an die Reihe kamen.

Ben bezahlte für uns drei und kaufte schließlich ein Los.

„Magst du es auswählen?“, fragte er mich, als ihm die junge Frau an der Kasse ein kleines Körbchen mit den Losen hinhielt.

„Ich?“ Plötzlich war ich ganz aufgeregt. „Aber ich habe noch nie etwas gewonnen, Ben. Ich glaube, ich bin keine gute Glücksfee für dich.“

Ben winkte ab. „Das Risiko gehe ich ein. Nun mach schon, Fritzi, ich glaub an dich.“

Okay, ich hatte ihn gewarnt. Dann sollte er sich später aber bitte nicht bei mir beschweren, wenn ich mal wieder eine Niete zog. Beherzt griff ich in das Körbchen und hielt Ben dann das Los hin. Doch erneut winkte er ab.

„Sei so lieb und verwahre es für mich.“

Ich nickte und steckte es in meine hintere Hosentasche.

Der Innenraum war riesig und zu drei Seiten von Naturtribünen umgeben. Wir hatten Glück und fanden drei freie Plätze in der ersten Reihe auf der Mitteltribüne. Ben war sichtlich begeistert.

„Von hier aus haben wir einen astreinen Blick auf die Koppeln, von denen die Pferde in den Innenraum getrieben werden."

„Wird eigentlich die ganze Herde auf einmal reingetrieben?", wollte Julie erfahren.

Ben nickte. „Ja, alle 400 Pferde werden hier gleich einlaufen und dann geht das Spektakel auch schon los. Die Herde zu trennen ist fast unmöglich."

Während wir uns mit zunehmender Aufregung nach allen Seiten umschauten, füllten sich die Ränge innerhalb kürzester Zeit mit unfassbar vielen Zuschauern. Ich war wirklich baff, wie viele Menschen angereist waren, um an diesem Schauspiel teilzunehmen. Über uns hörte ich, wie sich die Leute unterhielten. Es fielen Sätze wie: „Wir sind zum dritten Mal hier. Es ist immer wieder toll." Oder: „Ich habe gelesen, dass es 34 Hengste sind, die diesmal zur Versteigerung kommen werden."

Julie stupste mich an und flüsterte mir grinsend zu: „Nee, jetzt sind es nur noch 33 Hengste. Einen haben wir ja schon."

Ich nickte. „Weißt du eigentlich schon einen Namen für ihn?"

„Ja, ich werde ihn Smoky nennen. Irgendwie finde ich, dass der Name total gut zu seinem grauen Fell und der schwarzen Mähne und dem Schweif passt."

Das fand ich auch. Doch gerade als ich das Julie sagen wollte, erklang eine männliche Lautsprecherstimme.

„Was für ein herrlicher Anblick, fünfzehntausend Dülmener-Wildpferde-Fans, die gleich unseren mutigen westfälischen Burschen dabei zusehen werden, wie sie die Junghengste aus der Herde fangen werden, und das, verehrtes Publikum, mit nichts anderem als ihren bloßen Händen."

„Echt?", staunte Julie. „Kein Lasso oder so?"

Ben verneinte. „Das ist ja gerade das wirklich Tolle daran."

Im nächsten Moment kündigte die Lautsprecherstimme den Eintrieb der Herde in die Arena an, und kaum dass er seinen Satz zu Ende gebracht hatte, hörte man schon das Dröhnen von Hufen, und Sekunden später galoppierten tatsächlich 400 Wildpferde ein.

Was für ein wahnsinnig schöner Moment. Mir stockte regelrecht der Atem, so beeindruckt und, ja, auch ergriffen war ich.

„O nein, schaut mal die Fohlen. Wir süß die sind. Das ist ja wirklich unfassbar schön", rief Julie völlig verzückt.

„Ja, ist das nicht ein richtig großartiger Anblick", fand Ben und strahlte dabei von einem Ohr bis zum anderen.

Ich konnte noch immer nichts sagen. Ich war einfach nur fasziniert. So etwas Fantastisches hatte ich wirklich noch nie gesehen.

Die Herde blieb ganz dicht beieinander. Sie bildete eine zu allem entschlossene Einheit. Ich fragte mich wirklich, wie es gelingen sollte, die Junghengste herauszufangen.

Inzwischen waren sie wohl vollzählig, denn die

Männer hinter ihnen bauten im Handumdrehen aus mobilen Holzelementen einen Zaun, sodass sie nicht wieder zurück „in die Freiheit" galoppieren konnten.

Nun lösten sich mehrere junge Männer aus der Gruppe, die alle einheitliche blau-weiße Kiepenkerl-Hemden und rote Halstücher trugen. Der Moderator nannte sie die westfälischen Burschen, stellte jeden einzelnen von ihnen namentlich vor, was das Publikum mit tosendem Applaus quittierte. Dann kündigte er an, dass die Fänger nun gleich die ersten Junghengste aus der Herde fangen würden.

„Jetzt wird es richtig spannend", versprach Ben.

Tatsächlich war es inzwischen einigen der Fänger gelungen, die Herde etwas zu unterteilen, sodass kleine Gruppen entstanden waren. Die erste Gruppe bestand aus mehreren Stuten, drei Fohlen und zwei Junghengsten.

„Stefan, der erste Hengst des heutigen Tages ist deiner!", sagte der Moderator und schon ging die wilde Jagd los.

„Unfassbar", krächzte Julie neben mir. „Das ist ja wirklich Mann gegen Pferd."

Und so war es auch. Der Fänger mit Namen Stefan rannte hinter dem Jährling her, trieb ihn zunehmend immer weiter in die Ecke und packte dann im richtigen Moment in seine Mähne, während sich die andere Hand auf die Nüstern des Tieres legte und es so zu bändigen versuchte. Ruck, zuck kamen ihm zwei andere Fänger zur Hilfe, legten dem Hengst ein Halfter an, und Stefan versuchte, den gefangenen Hengst rüber zu einem kleinen eingezäunten Bereich zu führen, in dem die Hengste bis zur Versteigerung verweilen sollten.

Ich sah noch, dass der Kleine sich ganz schön gegen das Halfter samt Führstrick wehrte, sodass diesem Stefan erneut zwei andere Fänger zur Hilfe kommen mussten. Zu dritt gelang es ihnen schließlich, den Kleinen durch das Gatter zu schieben und es schnell wieder hinter ihm zu schließen. Natürlich wieherte er wie verrückt nach seiner Herde, was von den anderen Tieren lauthals erwidert wurde. Irgendwie tat er mir leid.

„Wow, der hat ja Temperament", schwärmte Ben neben mir. „Und wie kräftig der schon ist. Ein echter Prachtkerl. Tolle Hinterhand, wirklich beeindruckend. Könnt ihr erkennen, was für eine Nummer er am Halfter hat?"

Julie lachte. „Na klar, Ben-Papi, natürlich die Eins. Schließlich ist er der erste Jährlingshengst."

Ben grinste schief. „Dann merkt euch alle die Eins. Den will ich haben!"

Das Spektakel ging weiter. Jährling für Jährling wurde aus der Herde gefangen, und fast bei jedem meinte Ben, dass wir uns unbedingt die Nummer für die anschließende Versteigerung merken müssten.

„Ben-Papi, wenn du auf jedes Pferd bietest, das wir uns merken sollten, dann sind das inzwischen so um die 20."

Ben schüttelte den Kopf. „Blödsinn, ich habe lediglich von drei oder vier Tieren gesprochen, die mir sehr gut gefallen haben."

Wir lachten. Und Ben raufte sich die Haare. Er kam mir immer mehr wie ein kleiner Junge vor. So aufgeregt hatte ich Ben bestimmt noch nie erlebt.

10. Kapitel

„So, verehrtes Publikum“, sagte der Moderator schließlich. „Jetzt wird es spannend. Während unsere mutigen Fänger die letzten drei Hengste aus der Herde holen, möchte ich nun zur Verlosung der fünf Tiere kommen. Verlost werden übrigens die Hengste mit den Nummern 1, 8, 14, 27 und 30, und zwar in genau dieser Reihenfolge.“

„Auf die 1 wolltest du unbedingt bieten“, sagte Julie zu Ben.

Der nickte wild. „Alles klar, mit Fritzis glücklichem Händchen wird dann mein Wunsch wohl wahr werden.“

Er zwinkerte mir zu, und ich beeilte mich, ihm noch mal klarzumachen: „Tut mir echt leid, Ben, aber ich habe noch niemals etwas gewonnen. Noch nie. Ich schätze, du wirst wohl auf dein Glück bei der Versteigerung hoffen müssen."

„Sollten Sie ein Los aus der Gruppe A haben, verehrte Damen und Herren, dann stehen Sie doch bitte einmal auf", sagte der Moderator.

Ich warf einen hektischen Blick auf das Los, das ich inzwischen aus meiner Hosentasche hervorgekramt hatte, und traute meinen Augen nicht.

„Steh auf, Ben. Dein Los ist tatsächlich aus der Losgruppe A."

Ben hielt mir die flache Hand zum Einschlagen hin, und nachdem ich ihn abgeklatscht hatte, stand er breit grinsend von seinem Platz auf.

Doch er war bei Weitem nicht der Einzige. Schätzungsweise hundert andere hoffungsvolle Losbesitzer hatten sich von ihren Plätzen erhoben.

„Sie alle könnten Gewinner sein, wenn Sie als erste Ziffer eine 1 auf Ihrem Los stehen haben", sprach der Moderator weiter. „Sonst können Sie sich gleich wieder hinsetzen. Die anderen bleiben stehen."

Ben sah mich an und ich keuchte aufgeregt: „Du kannst stehen bleiben."

Julie kicherte. „Kacke, ist das spannend. Meine Kopfhaut fängt schon an zu kribbeln."

„Wenn Sie als zweite Ziffer eine 9 haben, dann ist alles richtig gut. Dann sind Sie ganz nah dran."

„Oh Gott", krächzte ich. „Wir haben eine 9."

Julie bekam einen hysterischen Lachanfall und Ben wurde irgendwie grün im Gesicht, fand ich.

„So, wo stehen denn noch welche?", fragte der Moderator.

Bens Hand schoss in die Höhe. Allerdings die Hände von ungefähr zehn anderen Leuten ebenfalls.

„Okay", fuhr der Moderator fort. „Wenn Sie als nächste Ziffer eine 0 haben, also die gesamte Losnummer A190 auf ihrem Los steht, oh, dann ist es ganz gut …"

„Ben", wisperte ich, weil ich plötzlich keine Luft mehr bekam, „das-das ist unser … ähm … dein Los. Du-du hast gewonnen."

Ben riss jubelnd beide Arme in die Höhe und freute sich wie ein kleines Kind an Weihnachten.

„Ich hab das Los. Ich hab gewonnen", rief er und kriegte sich vor Freude gar nicht mehr ein. Julie stieg in seinen Jubel mit ein und alle Leute um uns herum freuten sich ebenfalls für Ben.

Nur ich saß da und konnte es echt nicht fassen. Schließlich hatte ich noch nie was gewonnen. Noch nie-nie-niemals.

Aber na ja, jetzt hatte ich schließlich auch nicht wirklich gewonnen. Ich hatte lediglich das Los für Ben gezogen. Es gehörte trotzdem ihm.

„Junger Mann, ab jetzt sind Sie eine richtig gute Partie“, sagte der Moderator zu Ben. „Sie haben hier nämlich einen wirklich prächtigen kleinen Kerl gewonnen.“

„Jaaaaa!“, brüllte Ben noch einmal und streckte die geballte Faust in die Luft.

Das Publikum applaudierte und pfiff und war ebenso begeistert wie Ben und Julie und nun auch ich. Wir tanzten zu dritt auf der Tribüne herum und freuten uns wie verrückt.

„Fritzi, ist das nicht total klasse, jetzt haben wir beide doch tatsächlich den kleinen Hengst gewonnen, den ich unbedingt haben wollte.“ Ben zog mich in seine Arme und drückte mich so fest, als ob er eine Briefmarke aus mir machen wollte.

„Wunderbar, der erste Gewinner ist gefunden. Sie kommen gleich irgendwann zu uns, auf der gegenüberliegenden Seite zur 5, Gang G.“

Während der Moderator nun wieder das Einfangen der letzten drei Jährlingshengste kommentierte, machten Ben, Julie und ich uns gleich auf den Weg.

„Ich muss ihn jetzt unbedingt von Nahem sehen“,

sagte Ben. „Und du bist doch bestimmt auch völlig aus dem Häuschen, Fritzi? Ich meine, schließlich hast du gerade ein halbes Pferd gewonnen."

Ich lachte. „Ja, klar doch …"

„Herzlichen Glückwunsch, Fritzi", meinte nun auch Julie und fiel mir um den Hals.

„Blödsinn", murmelte ich und trabte hinter Ben her.

Wir marschierten um die Tribünen herum und gelangten an das Areal, in dem sich die Jährlingshengste befanden.

Während Ben mit einem hochgewachsenen Mann die Formalitäten regelte, suchten Julie und ich in der kleinen Herde nach der Nummer eins.

„Da!", rief Julie plötzlich. „Schau mal, da ist er. Hach, ist das ein hübscher kleiner Kerl. Da hast du echt Glück gehabt." Julie knuffte mir in die Seite und ich konnte nur den Kopf schütteln.

„Jetzt hör doch mal damit auf. Ben hat den Kleinen gewonnen und nicht ich."

Langsam nervte es – wirklich!

Julie verzog das Gesicht. „Ben hat aber gemeint, ihr hättet ihn zusammen gewonnen …"

Ich funkelte sie finster an. „Julie, wenn du meine Freundin bist, dann hörst du jetzt endlich damit auf. Mama und Papa erlauben mir weder ein ganzes noch ein halbes Pferd. Und außerdem, wenn ich tatsächlich mal ein Pferd haben könnte, dann soll das Pepper sein und kein anderes. Aber da das sowieso nie passieren wird, möchte ich jetzt wirklich, wirklich, wirklich nichts mehr davon hören."

Julie schluckte schwer. Ich sah es ihr an. Aber sie hielt ihren Mund.

Kurz darauf kam Ben zurück und strahlte übers ganze Gesicht.

„Wenn wir wollen, dann können wir heute Abend schon aufladen und mit den beiden Jungs nach Staaken fahren. Was meint ihr?"

„Von mir aus gern", sagte Julie.

Ich zuckte mit den Schultern. „Mir egal ..."

„Ups", machte Ben. „Was ist dir denn plötzlich für eine Laus über die Leber gelaufen?"

Julie hatte schon den Mund aufgeklappt, aber ich buffte sie unauffällig an, sodass sie ihn gleich wieder zuklappte. Auf gar keinen Fall wollte ich, dass sie Ben von meinem blöden Pferdefrust erzählte. Bloß nicht. Ich kam mir so schon albern genug vor, weil ich einfach in diesem Stimmungstief feststeckte und es mir nicht gelang, da endlich wieder rauszukommen.

Schrecklich!

„Okay, dann ist das jetzt also abgemacht. Ich rufe kurz bei Dr. Wilhelm an und sag ihm, dass wir den kleinen Unglücksraben schon heute holen, und dann geht's los Richtung Heimat!"

„Jiiipie!", jubelte Julie. „Die beiden werden sich bestimmt total wohl bei uns auf der Eagle-Free-Ranch fühlen."

Davon war ich auch mehr als überzeugt, und bei dem Gedanken daran, was für ein schönes neues Zuhause auf die beiden Junghengste wartete, schaffte ich es doch, mir ein kleines Lächeln abzuringen.

11. Kapitel

Es war immer ein kleines bisschen wie nach Hause kommen für mich, wenn ich durch das breite Gatter der Eagle-Free-Ranch fuhr.

Die Luft roch hier irgendwie viel besser, die Landschaft war traumhaft schön und die Pferde machten alle miteinander einen rundum zufriedenen Eindruck auf mich.

Higgins kam kläffend über den Hof geschossen, die Hühner sprangen gackernd auseinander und keine drei Wimpernschläge später öffnete sich die Tür vom Reiterstübchen und Kata und Ralf, Julies Großeltern, kamen strahlend heraus.

Wir wurden geherzt und gedrückt, es wurde gelacht und wild durcheinandergequasselt, und jeder von uns spürte, dass einfach alles gut war.

Ben bat uns, ihm flugs beim Abladen der beiden Jährlinge zu helfen, während er seinen Eltern in kurzen Sätzen von den neuen Eagle-Free-Ranch-Bewohnern erzählte.

Kata schüttelte lachend den Kopf. „Ben, oh, Ben, du bist genauso verrückt wie deine Tochter. Was wollt ihr denn bitte schön mit einem verletzten Jährling?"

„Ihn gesund pflegen und ihn ganz, ganz doll lieb haben", sagte Julie und hauchte ihrer Oma einen Kuss auf die Wange.

Nun lachte Kata noch mehr. „Weil wir ja auch noch nicht genug Pferde zum Liebhaben hier auf der Eagle-Free-Ranch beherbergen, mein kleiner Wildfang", neckte sie Julie.

Julie schenkte ihr nun einen Luftkuss. „So ist es, Omilein."

Die beiden Jährlingshengste ließen sich mit vereinten Kräften problemlos abladen. Allerdings hatte Dr. Wilhelm ihnen vor der Fahrt auch noch ein paar Beruhigungsleckerlis verabreicht, denn ganz besonders der kleine Smoky hätte auf dem Anhänger nicht das Toben anfangen dürfen.

„Schon verrückt", meinte Ralf zu Ben, nachdem wir die beiden in einen großen Laufstall gestellt hatten, in dem sonst die Stuten mit ihren Fohlen untergebracht waren. „Die beiden sind heute das erste Mal in ihrem Leben zusammen Anhänger gefahren und sind so artig, als ob sie es schon tausend Mal getan hätten."

Ben fand das gar nicht so verwunderlich. „Die Tiere sind den Menschen gegenüber ja erst einmal völlig unvoreingenommen. Außerdem glänzen sie durch ihre Nervenstärke und sehr schnelle Lernfähigkeit. Eigentlich das perfekte Pferd. Das hat mich ja so sehr an dieser Rasse gereizt."

„Verstehe", meinte Ralf, bevor er sich plötzlich an mich wandte. „Hast du eigentlich schon deinen kleinen Freund besucht? Ach, Blödsinn, ihr seid ja gerade erst angekommen", fügte er dann jedoch noch schnell hinzu und schüttelte über sich selbst den Kopf.

Ich sah ihn erstaunt an. „Welchen kleinen Freund denn?"

„Na, Pepper."

„Pepper? Aber der ist doch noch auf der Hochalm."

Ben, der sich ein paar Schritte entfernt hatte, um

noch einmal Smokys Bein anzusehen, gesellte sich wieder zu uns. „Alles klar?“, fragte er, weil ihm meine Verwirrung wohl nicht entgangen war.

„Es ist wegen Pepper“, sagte ich leise und schon wieder verspürte ich diesen fiesen kleinen Stich in meinem Herzen.

„Was ist denn mit ihm?“ Ben blickte perplex zwischen seinem Vater und mir hin und her.

„Weiß Fritzi denn gar nicht, dass er schon seit zwei Wochen wieder auf der Eagle-Free-Ranch ist?“, wunderte sich nun auch Ralf.

Ben schlug sich klatschend die flache Hand vor die Stirn.

„Danke, Ralf“, maulte er seinen Vater an. „Das sollte eigentlich eine Überraschung für Fritzi sein.“

„Oh“, machte Ralf und sah ganz bekümmert aus. „Das wusste ich nicht …“

Noch immer versuchte ich irgendwie, das eben Gehörte zu verarbeiten, und so allmählich kapierte ich es dann doch.

„Pepper ist hier? Auf der Eagle-Free-Ranch? Echt? Und das stimmt auch wirklich?“, kreischte ich.

Ben lachte. „Ja, das stimmt. Aber tu mir bitte einen Gefallen und hör auf zu kreischen."

Ich nickte und kreischte dann so richtig los.

„Wo ist er denn? Ich meine, wo ist Pepper? Auf der Weide? Im Stall? Wo ist er?"

Ben hielt sich die Ohren zu, und auch Ralf verzog plötzlich das Gesicht, als hätte er schlimme Zahnschmerzen.

„Weide", brummte Ralf. „Er steht hinten auf der Aueweide."

„Oh mein Gott", kiekste ich dennoch in der höchsten Oktave, die ich draufhatte, weiter. „Ich-ich muss sofort zu ihm. Darf ich? Ich meine, ist es okay, wenn ich gleich loslaufe?"

Ben und Ralf nickten schmunzelnd. „Bevor du uns noch das Trommelfell kaputt schreist, lauf um Himmels willen", erklärte Ben.

Ich stürmte aus dem Stall, sprintete über den Hof, rannte fast ein Huhn über den Haufen, es gackerte mir ziemlich empört hinterher. Doch da hatte ich schon den schmalen Weg erreicht, der zwischen den

weitläufigen Koppeln der Eagle-Free-Ranch hindurch verlief.

Ich rannte, als hinge mein Leben davon ab, und bremste mich erst wieder etwas, als ich die Aueweide erreicht hatte.

Die Herde stand unten am Ufer, und da es bereits leicht zu dämmern begann, konnte ich von hier aus nicht ausmachen, wer von ihnen Pepper war.

Also kletterte ich unter dem Zaun hindurch und rannte quer über die Weide. Doch die Strecke bis zum Aueufer war noch weit, bestimmt sechzig, siebzig Meter, und ich musste einigen braunen Hindernissen, sprich Pferdeäpfel-Haufen, ausweichen. Das hohe Gras war auch nicht gerade der ideale Laufuntergrund. Dennoch gab ich Vollgas.

Als ich schließlich keuchend und mit heftigen Seitenstichen bei der Herde angekommen war, fiel mein Blick sofort auf Pepper.

„Pepper, mein süßer kleiner Pepper, da bist du ja wieder." Ich ging auf ihn zu, streckte die Hand nach ihm aus und tätschelte ihm liebevoll die Nüstern. Er ließ es ganz artig geschehen.

Selbst als ich nicht länger an mich halten konnte, meine Arme um seinen Hals schlang und meine Wange dabei in sein weiches, warmes Fell schmiegte, rührte er sich nicht von der Stelle.

„Ich hab dich so vermisst, du kleiner Racker." Wobei, klein stimmte gar nicht mehr, Pepper hatte im letzten Dreivierteljahr einen ordentlichen Schuss gemacht.

„Im Januar wirst du schon drei Jahre alt. Verrückt, wie schnell die Zeit vergeht."

Ich blieb noch eine ganze Weile bei Pepper, streichelte ihn, küsste ihn, schmiegte mich ganz nah an ihn und erzählte ihm alles Mögliche. Erst als es schon fast dunkel war, brachte ich es übers Herz und löste mich von ihm.

„Morgen bin ich auch noch da und den halben Montag auch. Mama und Papa holen mich erst am Nachmittag ab. Das heißt, wir können noch ganz viel Zeit miteinander verbringen“, versprach ich ihm.

Pepper schnaubte, als hätte er jedes Wort genau verstanden.

Als ich langsam zurück zum Hof ging, war ich einerseits glücklich, dass mein Pepper nun wieder auf der Eagle-Free-Ranch war, weil ich hier eher eine Chance hatte, ihn ab und zu sehen zu können, als auf der Hochalm. Aber andererseits war ich auch traurig, denn selbst wenn ich ihn hin und wieder besuchen konnte, so schien er dennoch unerreichbar für mich zu sein.

12. Kapitel

Ralf hatte ein Lagerfeuer entfacht. Ein richtig, richtig großes. Während sich Julies Eltern, einige der Einsteller und schließlich auch Kata und Ralf auf den vielen Holzbänken um die Feuerstelle versammelten, kam ich mir irgendwie verloren vor.

Julie war noch mit ihrem kleinen Dülmener Wildpferd beschäftigt. Laut Ben wollte sie sich gar nicht mehr von ihm trennen.

Natürlich hätte ich zu ihr in den Stall gehen können, aber irgendwie konnte ich mich dazu nicht aufraffen.

„Ich sag jetzt Julie mal Bescheid, dass sie zu uns ans Feuer kommen soll", meinte ihre Mama schließlich und lächelte mich lieb an.

„Da habt ihr immer nur die paar Ferientage im Jahr miteinander und sie hängt im Pferdestall fest."

Julies Mama klang fast ein wenig verärgert. Scheinbar sah ich ebenso verloren aus, wie ich mich gerade fühlte.

Auf der Bank neben mir saß Ralf.

„Ich weiß, was dich aufheitern wird, Fritzi", meinte er, schnappte sich seine Gitarre und zupfte los. Irgendetwas Westernmäßiges. Fast so wie an meinem allerersten Abend auf der Eagle-Free-Ranch vor zweieinhalb Jahren. Nur dass diesmal Ralf die Gitarre spielte.

Wie damals schienen die anderen den Song zu kennen und stimmten nach ein paar Akkorden mit ein. Und wieder wusste ich nicht, ob ich das peinlich oder gut finden sollte.

Und noch etwas war wie an meinem ersten Abend auf der Eagle-Free-Ranch, ich vermisste plötzlich Mama und Papa. Ich hätte sie jetzt wirklich gerne bei mir gehabt. Und ich hätte ihnen so gerne von Pepper erzählt, dass ich ihn so schrecklich lieb hatte und dass ich selbst nicht wusste, was eigentlich mit mir los war. Warum ich so geknickt und schlecht gelaunt war und das erste Mal am liebsten nicht hier gewesen wäre, weil … ich so verdammt traurig war und überhaupt gerade alles total doof war. Am allermeisten wohl ich selbst.

Und das wurde auch nicht besser, als Julie nun endlich zu uns ans Feuer kam und sich zunächst zwischen ihre Eltern sinken ließ. Sie sah so rundum glücklich und zufrieden aus, dass ich mich schon wieder schämte, weil ich ihr all dieses Glück geneidet hatte.

Mein tiefer Seufzer musste selbst den Gitarrenklang übertönt haben, denn Kata hörte auf zu singen und blickte mich von der Seite an. „Alles gut bei dir, Fritzi?“

Ich nickte – und wurde rot.

Im nächsten Moment war Julie an meiner Seite.

Sie sah mich grinsend an und sagte: „Na, hast du mich vermisst?“

Ich grinste nicht zurück. „Ich war bei Pepper. Warum hast du mir nicht gesagt, dass er schon wieder auf der Eagle-Free-Ranch ist?“

Julie rümpfte die Nase, wie sie es immer tat, wenn ihr etwas sehr unangenehm war.

„Hey“, sie verpasste mir einen freundschaftlichen Rempler mit dem Ellbogen, „ich wollte ja. Wirklich. Aber ich durfte nicht.“

Erstaunt sah ich sie an. Warum durfte sie mir nicht von Pepper erzählen und wer bitte schön hatte ihr das verboten?

„Das verstehe ich nicht“, gab ich ehrlich zu. Jetzt lachte Julie und legte den Arm um meine Schulter.

„Tja, Schnecke, und ich darf’s dir leider, leider nicht erklären.“

„Ähm …“, machte ich nur.

„Kacke!“, ärgerte Julie sich. „Eigentlich sollte ich gar nicht mit dir über Pepper reden … Mist, Ben hat eh schon vorausgesagt, dass ich nicht dichthalten könnte."

„Aber jetzt hast du es doch schon getan", versuchte ich es mit dieser Taktik, „dann kannst du mir auch gleich noch mehr erzählen. Also, Julie, warum sollte ich nicht wissen, dass Pepper schon von der Hochalm zurück ist?"

Julie sah mich an. Erst wieder mit diesem ernsten Gesichtsausdruck, dann lächelte sie. Als Nächstes nahm sie mein Gesicht in ihre Hände und drückte mir einen schmatzenden Kuss auf die linke Wange.

„Vergiss es! Von mir erfährst du ab sofort kein Wort mehr."

Im nächsten Moment fing Julie an zu singen. So falsch und schief wie eh und je. Damals wie heute war ich mir sicher, dass ich niemanden kannte, der so schrecklich schräg sang wie Julie.

Zum Glück waren die ersten Bratwürstchen fertig und Ben brachte Julie und mir einen Teller.

„Hier, ihr beiden bekommt die ersten Würstchen. Fritzi, damit sie mir nicht verhungert, und Julie, damit sie endlich aufhört zu singen."

Kata neben uns fing an zu kichern und auch Ralf zwinkerte uns verschmitzt zu.

„Dabei hast du doch hoch und heilig geschworen, nicht mehr zu singen, Julie", rief er.

Alle lachten – und Julie sang noch ein wenig lauter und schräger weiter.

Grausam, wirklich grausam.

Higgins, der eben noch friedlich schnarchend zu unseren Füßen gelegen hatte, sprang plötzlich wie angestochen auf und rannte kläffend davon.

„Siehst du", sagte nun auch noch Julies Mama. „Jetzt hast du sogar den armen Higgins vertrieben."

Erneut lachten alle und Julie mimte die Beleidigte. „Menno, keiner hat mich lieb ..."

Doch Higgins war überhaupt nicht von Julies schiefem Gesang vertrieben worden, er hatte gehört, dass ein Auto auf den Hof gefahren war, denn im nächsten Moment vernahmen auch wir, dass zwei Autotüren zugeschlagen wurden. Gleich darauf kamen ein Mann und eine Frau über den Hof auf uns zugeschlendert.

Mir stockte der Atem, als ich erkannte, dass es Mama und Papa waren.

13. Kapitel

„Mama? Papa? Wo kommt ihr denn so plötzlich her?“ Ich war völlig baff.

Mama zog mich lachend in ihre Arme. „Ja, Schatz, wir freuen uns auch, dich zu sehen.“

Und Papa strich mir über den Kopf und erklärte: „Ben hat uns vorhin angerufen und gemeint, dass ihr heute schon wieder auf der Eagle-Free-Ranch sein würdet. Da haben wir uns gedacht, wir überraschen dich und fahren auch schon nach Staaken.“

„Aber müssen wir denn jetzt gleich zurück nach Hause?“

Bei all der Freude über das plötzliche Auftauchen meiner Eltern – auf gar keinen Fall wollte ich früher als geplant die Eagle-Free-Ranch verlassen. Außerdem hatte ich doch Pepper versprochen, dass ich ihn morgen noch mal besuchen würde und übermorgen auch …

„Quatsch, wir bleiben wie geplant bis Montag“, verkündete meine Mama und mir fiel ein Stein vom Herzen. „Kata hat uns schon das Gästehaus hergerichtet.“

„Dann ist ja alles gut“, wisperte ich.

Mama blickte mich prüfend an. „So, ist es das wirklich? Ben hatte gemeint, dass du ihm irgendwie ganz verändert vorkommen würdest. Fast schon ein wenig traurig.“

Ich musste schwer schlucken. Denn plötzlich waren alle Augen auf mich gerichtet. Ralf hatte längst aufgehört zu spielen. Mir war das Ganze furchtbar peinlich, denn jetzt kam ich mir undankbar und dumm vor. Nur wegen so einem doofen Traum tagelang schlechte Laune zu haben, war wirklich kindisch. Außerdem gab es echt keinen Grund, um Frust zu schieben. Ich war auf der Eagle-Free-Ranch, und alle Menschen, die ich ganz doll lieb hatte, waren auch hier.

Wir saßen am Lagerfeuer, aßen Bratwürstchen und in der Ferne sah man die Pferde auf den Koppeln – na ja, zumindest erahnte man sie in der Dunkelheit.

Vom Hof hallte hin und wieder das Schnaufen eines Pferdes zu uns herüber und für Ende Mai war es ein wunderbar warmer Abend.

Wie konnte ich nur so dumm sein und mir diesen schönen Moment selbst kaputt machen?

„Es ist alles in Ordnung“, sagte ich zu Mama. „Ich war wohl irgendwie ein bisschen neben der Spur. Keine Ahnung warum. Aber jetzt ist wirklich alles wieder gut.“

Doch als Papa darauf nur meinte: „Ach so, Fritzi, wir haben ja ganz vergessen, dir zu gratulieren“, da wurde mir gleich wieder ganz komisch zumute.

„Wozu denn?“

Alle waren still – und wieder spürte ich, wie sämtliche Augen auf mich gerichtet waren.

„Ben hat erzählt, du hättest heute ein halbes Pferd gewonnen.“

Ich grinste schief. „Quatsch, ich hab nur das Los für ihn gezogen.“

Doch Ben meinte: „Und somit bist du die halbe Gewinnerin. Ich hab’s bezahlt, du hast es gezogen. Ich finde, das ist ein fairer Deal.“

Alle stimmten ihm zu. Sogar Mama und Papa und so langsam verstand ich die Welt nicht mehr. Was sollte das? Was, um alles in der Welt, sollte ich denn mit einem halben Pferd anfangen? Einem Wildpferd noch dazu?

„Aber wenn ich ehrlich bin“, fuhr Ben nun fort, „dann muss ich zugeben, dass ich schon gerne der alleinige Besitzer des kleinen Dülmeners wäre.“

Ich nickte. „So ist es ja schließlich auch …“, murmelte ich.

Doch Ben schüttelte schon wieder den Kopf, und dann fing Julie so doll an zu prusten, dass sie sich regelrecht in den Handballen beißen musste, um nicht lauthals loszulachen.

„Was soll das Ganze hier eigentlich?“, motzte ich sie an.

Nun lachte Julie richtig los und ich wäre am liebsten aufgesprungen und davongerannt, so hilflos fühlte ich mich gerade.

Doch da schaltete sich Papa wieder ein: „Ben hat uns natürlich längst einen ziemlich guten Vorschlag gemacht, Fritzi. Mama und ich sind sehr damit einverstanden. Aber die letzte Entscheidung triffst natürlich du."

„Welche Entscheidung?", wisperte ich.

Mama legte den Arm um mich. „Ben hat vorgeschlagen, dass du mit ihm tauschst. Er bekommt den kleinen Dülmener für sich ganz allein und du bekommst dafür Pepper."

Okay, schon wieder so ein total bekloppter Traum. Langsam reichte es mir aber wirklich. „Nun sag schon, Mama, dass es Zeit zum Aufstehen ist", flüsterte ich, meine Stimme war vor Aufregung fast weg.

Doch nichts dergleichen geschah.

„Soll ich dich vielleicht kneifen?", schlug Julie vor. „Nur damit du kapierst, dass du nicht träumst."

Ich sah sie an und dann blickte ich in all die grinsenden Gesichter um mich herum und ganz plötzlich wurde mir klar: kein Traum.

Das war tatsächlich kein Traum!

„Ich-ich-meine-ich … mir gehört jetzt wirklich, also in echt, Pepper?", krächzte ich.

Alle nickten. ALLE! Und dann begann Julie wieder zu lachen und die anderen stiegen mit ein.

Und ich konnte einfach nur dasitzen und einen nach dem anderen mit offen stehendem Mund anstarren.

„Freust du dich denn gar nicht?“, fragte Mama mich irgendwann.

„Und wie, Mama, ich freue mich so doll, dass es sogar richtig wehtut.“

Mama strich mir über das Haar. „So soll es sein, Fritzi, dann ist es ganz genau richtig.“

Auf dem Hof und auf den Weiden war noch alles ruhig. Die meisten Pferde lagen auf dem Boden. Ein paar dösten im Stehen. Einen Moment lang blieb ich noch dort.

Dieses Bild würde ich gern mitnehmen, dachte ich, wenn wir heute Nachmittag wieder nach Hause fahren würden. Und auch das Gefühl.

Ein Huhn kam vorbeigetrippelt. Als es mich sah, erschreckte es sich und flatterte zur Seite. So früh hatte es wohl noch mit keinem gerechnet.

Ich überquerte den Hof. Im Haupthaus ging unten in Katas und Ralfs Wohnung das Licht an. Ich musste mich also beeilen.

Bald würden auch die anderen aufwachen und vorher wollte ich mich doch noch ganz in Ruhe von Pepper verabschieden.

Als ich unter dem Zaun hindurchkletterte, erklang ein leises Wiehern.

Ich sah auf und erkannte Pepper. Er stand direkt vor mir und schaute mich aus seinen sanften braunen Augen aufmerksam an.

„Guten Morgen, mein Kleiner", begrüßte ich ihn

und streichelte ihm über die Nüstern. „Heute fahre ich wieder nach Hause. Aber spätestens in zwei Monaten bin ich wieder hier, dann sind Sommerferien und einen Teil davon darf ich auf der Eagle-Free-Ranch verbringen. Und dann sind auch schon bald die Herbstferien, und im Januar, also wenn du drei Jahre alt bist, dann wird Ben damit anfangen, dich langsam anzureiten, und spätestens im nächsten Frühjahr, mein kleiner süßer Pepper, kommst du ganz zu mir auf den Kronsberghof."

Ich klopfte ihm sanft den starken Hals, bevor ich verzückt fortfuhr.

„Ich bin mir sicher, dass es dir dort richtig gut gefallen wird. Aber damit wir beide nicht allzu doll Heimweh bekommen, werden wir so oft wie möglich zusammen auf die Eagle-Free-Ranch fahren. Das verspreche ich dir."

Pepper wieherte leise. Das klang irgendwie besorgt. Ich kraulte ihn hinter den Ohren. „Keine Angst, Pepper, wenn es dir überhaupt nicht auf dem Kronsberghof gefallen sollte, dann darfst du zurück auf die Eagle-Free-Ranch. Dann sehen wir uns eben nur in den Ferien. Ich meine, bei Julie und Sunny hat das ja auch eine ganz schön lange Zeit gut geklappt."

Ich legte meine Arme um Pepper und er ließ es sich ganz artig gefallen. Er versuchte mir noch nicht mal an den Klamotten herumzuzupfen, so wie sonst, da konnte ich nicht anders und heulte in sein weiches Fell hinein.

„Wenn du im Sommer wiederkommst, dann können wir schon mal langsam damit anfangen, ihn ein bisschen zu longieren oder auf dem Trail herumzuführen", hörte ich plötzlich Julies vertraute Stimme hinter mir.

„Das wäre echt schön", schniefte ich und wischte mir schnell die Tränen aus den Augen.

Ich klopfte Pepper noch einmal den Hals und verließ dann die Weide.

Julie lächelte mich lieb an. „Das wird ganz, ganz toll werden, Fritzi, du wirst schon sehen. Pepper und du, ihr gehört einfach zusammen. Ich weiß aus sicherer Quelle, dass deine Eltern es schon ganz lange geplant hatten, ihn für dich zu kaufen. Aber so ist natürlich alles noch viel besser gelaufen ..."

Ich nickte. „Ich bin wirklich gerade das glücklichste Mädchen der Welt und ich bin Mama und Papa total dankbar. Trotzdem fällt es mir unendlich schwer, mich von Pepper zu trennen."

Julie nickte mitfühlend. „Das kann ich gut verstehen. Mir ist das mit Sunny auch immer total schwergefallen. Aber ich verspreche dir, dass ich gut auf Pepper aufpassen werde und dir ganz, ganz viele Fotos von ihm schicke."

„Das wäre schön."

Arm in Arm schlenderten wir zurück auf den Hof.

Kata hatte draußen den Frühstückstisch gedeckt. Ich musste eine Ewigkeit bei Pepper auf der Weide gewesen sein, denn alle saßen schon am Tisch und blickten uns erwartungsvoll entgegen.

„Wo bleibt ihr denn, ihr Schlafmützen“, rief Papa. „Wir haben Hunger.“

Grinsend setzten wir uns zu den anderen.

Das Leben war schön – so unfassbar schön.

8

Und hier erfahrt ihr noch ein bisschen was über die Dülmener „Wilden"

Das Dülmener Wildpferd ist aus biologischer Sicht eigentlich kein richtiges Wildpferd. Der Name kommt von der halbwilden Lebensweise der ungefähr 400 Tiere starken Herde. Diese lebt tatsächlich in Dülmen in Westfalen im Merfelder Bruch.

Lucie May hat die Pferde dort besucht und sich einen eigenen Eindruck von ihrer Lebensweise verschafft und war so beeindruckt, dass sie im letzten „Fritzi Pferdeglück"-Abenteuer die beiden Freundinnen Fritzi und Julie dorthin hat reisen lassen. Natürlich ist das, was die beiden Mädchen erleben, frei erfunden. Jedoch nicht der jährliche Wildpferdefang. Ein wirklich beeindruckendes Spektakel, das jeder Pferdefan – ob groß oder klein – unbedingt mal gesehen haben sollte.

Weitere Infos über die „wilden" Dülmener erhaltet ihr hier: *www.wildpferde.de*

Lucie May lebt mit ihrem Mann, vier Kindern, zwei Hunden und zwei Pferden in der Nähe von Hannover.
Schon als kleines Mädchen beschloss sie, später einmal Pferdebursche, Springreiter oder Schriftstellerin zu werden. Inzwischen schreibt sie sehr erfolgreich für junge Leser.
Wen einmal das Pferdefieber gepackt hat, den lässt es nie wieder los – davon ist die Autorin fest überzeugt und auch ziemlich glücklich darüber.

Dagmar Henze wurde 1970 in Stade an der Unterelbe geboren. Nach dem Abitur zog es sie erst nach Hamburg und danach in die weite Welt. In Indien wurde ihr dann klar, dass sie Graphik Design studieren wollte, und so ging es zurück nach Hamburg, wo sie an der Universität für Angewandte Wissenschaften Graphik Design mit dem Schwerpunkt Kinderbuchillustration studierte.

Mehr von Fritzi Pferdeglück

Lucie May
Fritzi Pferdeglück
Die schönsten Reiterabenteuer
Sammelband
368 Seiten · Gebunden
Ab 8 Jahre
ISBN 978-3-649-63161-3
Auch als **@book** erhältlich:
ISBN 978-3-649-63248-1

Fritzi liebt Pferde über alles und kann es kaum abwarten, bis ihre nächsten Reiterferien beginnen. Doch dann verschlägt es sie ausgerechnet auf eine Westernranch! Was soll sie als begeisterte Dressurreiterin bitteschön bei den albernen Westernjucklern? Aber Fritzi hat die Rechnung ohne Julie gemacht. Denn die Tochter des Pferdetrainers entpuppt sich bald als beste Freundin der Welt und ist sofort zur Stelle, als Fritzi sich um ein kleines schwaches Fohlen kümmern soll. Von jetzt an verbringen Fritzi und Julie alle Ferien gemeinsam!

Inselpony-Geschichten

Sarah Bosse
Mein liebstes Pony Luna
Sammelband
304 Seiten · Gebunden
Ab 7 Jahre
ISBN 978-3-649-63597-0
Auch als **ebook** erhältlich:
ISBN 978-3-649-63640-3

Seit dem Tag, an dem Elisa das verschmuste Pony Luna zum ersten Mal gesehen hat, sind die beiden unzertrennlich. Zusammen lassen sie sich bei ihren Ausritten am Strand den Wind um die Nase wehen. Und schon bald warten Abenteuer auf die Freunde: ein Seehund, der Hilfe braucht, ein paar vorlaute Teenies, die in den Dünen in Gefahr geraten … Doch als Elisa eines Tages ihr Pony auf seiner Koppel besuchen will, ist Luna verschwunden! Elisa ahnt, dass etwas Schlimmes passiert sein muss.

Drei aufregende Geschichten von Elisa und ihrem Inselpony Luna in einem Band!

Ein Herz für Tiere

Sarah Bosse
Flos Tierpension
Ein Herz für Tiere
Sammelband
336 Seiten · Gebunden
Ab 8 Jahre
ISBN 978-3-649-63099-9
Auch als ebook erhältlich

Ein Affenbaby braucht eine Mutter? Ein Delfin hat Heimweh? Ein Elefant benötigt Hilfe? Bei tierischen Notfällen ist Flo zur Stelle. Schließlich arbeiten ihre Eltern als Tierärztin und Tierpfleger – klar, dass Flo jede Menge Ahnung hat und einspringen kann, wenn im Zoo mal wieder Aufregung herrscht.
Doch so viel Tierliebe stellt das Familienleben ganz schön auf den Kopf, nicht zuletzt, weil auch Hund Flo-Zwo ein Wörtchen mitzubellen hat und jeden neuen vierbeinigen Mitbewohner erst mal argwöhnisch beschnüffelt …

Drei tierisch turbulente Geschichten in einem Band!

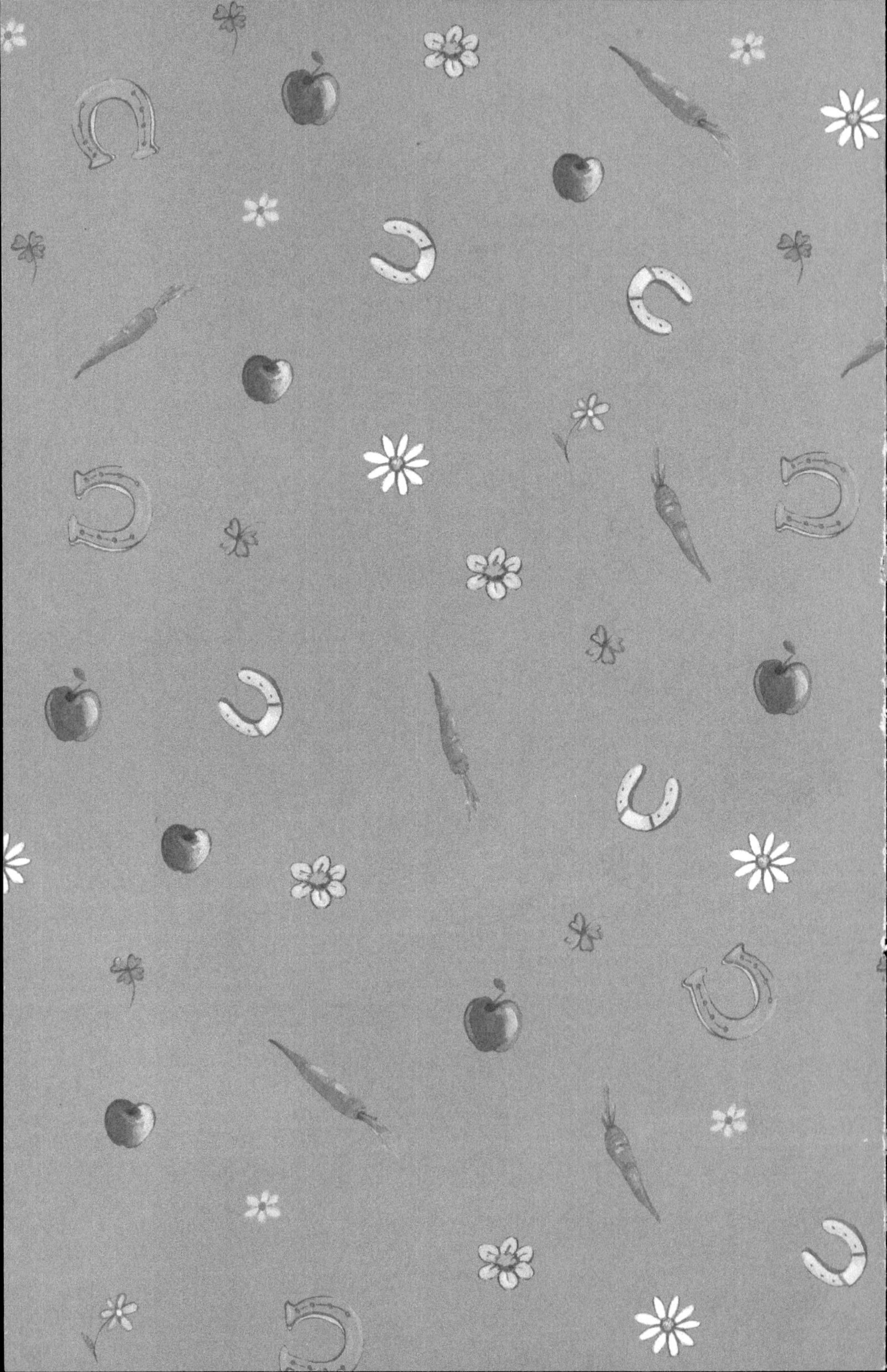